光阴拾碎

田刚 著

——往昔在天边端详

中国华侨出版社
·北京·

图书在版编目（CIP）数据

光阴拾碎 / 田刚著 . -- 北京：中国华侨出版社，2021.2

ISBN 978-7-5113-8504-8

Ⅰ . ①光… Ⅱ . ①田… Ⅲ . ①散文集—中国—当代 Ⅳ . ① I267

中国版本图书馆 CIP 数据核字 (2021) 第 009609 号

光阴拾碎

著　　者 / 田　刚
责任编辑 / 王　委
封面设计 / 赵士慧
经　　销 / 新华书店
开　　本 / 710 毫米 ×1000 毫米　　1/16　　印张 / 14　　字数 / 144 千字
印　　刷 / 北京天正元印务有限公司
版　　次 / 2021 年 2 月第 1 版　　2021 年 9 月第 2 次印刷
书　　号 / ISBN 978-7-5113-8504-8
定　　价 / 58.00 元

中国华侨出版社　北京市朝阳区西坝河东里 77 号楼底商 5 号　邮编：100028
法律顾问：陈鹰律师事务所
发行部：（010）64443051　　传　真：（010）64439708
网　址：www.oveaschin.com　　E-mail：oveaschin@sina.com

如发现印装质量问题，影响阅读，请与印刷厂联系调换。

给时光塑一尊雕像
（自序）

生命是以时间的长度来体现的，但这个长度不是一把固定的标尺，而是一条流动的河流，"时光如水"的说法指的就是生命时光的动态变化。子在川上曰："逝者如斯夫，不舍昼夜。"每一段生命都代表着消逝和过往，天长日久，便会化为云絮，飘忽散漫而至于无形，加上新的生活密集地涌来，像落尘一样一层层覆盖，掩去了曾经的面目，生命因此而模糊了来路。

因此有必要尽早地将过往的生命清理并固定下来，像博物馆那样展示于自己的生命之馆里，需要时查看，思念时凝视，使生命以完整的形象竖立于自己和关爱自己的人们面前，哪怕是拼接而成的形象。

2015年10月，这个为自己生命塑像的契机水到渠成地到来。年轻时的球友相约到故乡聚会，共同重温似水年华。我回到了梦里的故乡，但故乡用她苍老破败的形象撕毁了我的梦想。悲从中来的同时，追忆的情怀反而得到更强烈的激发，我郑重地拿起笔，开始了对过往的塑像，写下了《故乡拾碎》一文，在文章的篇首表达了我深情追忆的动机："牵手故乡，故乡却像一片片快速流散的云彩，似要化出我的视线，捕捉不住了！失去的恐慌催促我要赶紧捡拾一些记忆，哪怕是碎片。"

　　塑像从外形开始，进而向精神深入，连续地又写就了《此为异客总多情》《魂念北屋》《何处是乡愁》等文章，对故乡的情怀和品格进行深入的解析和展示，使生命之乡的塑像呈现她内里的灵魂。

　　数十年的生命历程，故乡只是生命历程的起点和局部，尽管它奠定了我全部生命的基本色彩和风格，但终究不是全部。于是，我的笔触开始伸向更为辽远的来途，将一切过往的生命经历和情怀感悟搜罗到笔下，像沙里淘金一样，将珍贵的生命片段挑选出来，补充到我的生命雕像上去。于是有了走出故乡的《南去的列车》，回顾知青生活的《葱炒蛋》和《山坡歌者》，以及回访校园的《边门之痛》，还有《拥屋洱海》的追求，歌曲《天边》的思索，包括来自阅读感受和思考的《不可让尘埃掩盖罪恶》等往昔时光里的经历、体验、感悟与思索。

　　尽管一切珍贵过往皆落笔端，全部难忘记忆都入塑像，因乡恋而喷涌的乡愁依然是其中的核心，因为乡愁既是我雕塑生命时光的初心，也是我生命历程印迹最深、感情最浓、分量最重的心绪，我必须予以特别地对待和表现，这就是我用了较大的篇幅写故乡，说乡愁的原因。其实扩而广之，一切关于过往时光的回望，本质上都可归入乡愁，因为乡愁实质是往事成烟，欲回不得所产生的心绪，人们全部的深情回望，不都摆脱不了一种"生不再来"的离愁别绪吗。

一切回忆都是朝花夕拾，一切找寻都只能看到零散星辰，故此，我以《光阴拾碎》作为这尊时光雕像的标题，并计划在后续的生命时光里继续我的回望和创作。

田　刚

2019 年 10 月于厦门

目 录

此为异客总多情	1
魂念北屋	8
何处是乡愁	16
故乡拾碎	36
留下那份纯真	49
陪伴，其实有许多的滋味	57
南去的列车	74
故乡只合梦里见	85
那些年，我们一起追篮球	91
问故乡	101
云水回望忆吾师	105
葱炒蛋	110
鱼　事	113
回望之愁是乡愁	116
凝固的年华	120
那夜，李花簇拥	123
清明思人人不归，泥泞小路入梦来	127
露天生活	130
山坡歌者	135

鼠　伴	139
生在林深处	142
我在排挡的拐角等你	145
清明，请将忏悔述说	149
天　边	154
路　拾	158
拥屋洱海	
——逃避也是一种追求	161
示弱有时是一种奢侈	164
共捧夕阳旭日升	166
雨　思	170
不可让尘埃掩盖罪恶	
——《来自纳粹地狱的报告》阅读笔记	173
边门之痛	179
最是女人到中年	182
囧　遇	184
怎么了，就这样远远地热乎着	189
火红的提醒	194
真情依然在那儿	197
爱在自然	200
生命不能总任性	203
补鞋者说	206
对话里的问题	208
课堂教学"失笑"谈	212

此为异客总多情

在我的生命记忆里，一直有这样一个特殊的人群，他们的身份既清晰又模糊，他们的生活大多在客居地度过，似乎是一夜之间纷纷离散，又到了另一个客居地，但无论文化、职业和年龄，甚至这后一个客居地就是他们的祖籍，依然深情回望，将第一个客居的地方当作自己的故乡。

他们叫"矿里人"，故乡的名字是中国版图偏东南方一处群山中的大型国企。

"矿里人"的叫法是内部人自己的称呼，土著们则习惯叫"矿山人"，一字之别，已经将他们归到了外人族群里。事实也确是这样，他们在大山中是外来的。具体分析，表现在下几个方面。

一是语言不同。语言是判断本乡和外乡的重要指标。"少小离家老大回，乡音未改鬓毛衰"，只要乡音不改，很快就有本乡的认同，并不受容貌变化的影响；乡音不同，故乡也就不同。

矿里人是一个集合体，20世纪50年代末60年代初开展三线建设，党中央一声激昂的集结号，矿里人从全国各地高校的讲台上放下粉笔赶来，从战火还有余温的战壕里放下武器赶来，从飞速旋转的机床前穿着油腻的工作服赶来，幅员之广，据说只有西藏除外。几万员工连带着几十万家属和孩子，合着可以在盘山公路排成长龙的汽车，一下子将沉睡了不知多少年的大山搅动起来；搅动的还有像交响乐一样的南腔北调，没有任何指令，为了便于交流，自然地形成了一种特殊的"共同语"，这是矿山人的普通话，我们可以叫它"矿普"。

矿普自成体系，语音、语调和用语风格鲜明，例如语音端正，但几乎没有翘舌音，显然受了北方话和南方话的双重影响；语调高扬，既透着自豪，又显得亲密；用语则是在北方方言基础上，夹杂着少许的当地俚语，如同说汉语时插进英语的单词，表现出对当地文化的有限的接纳。别说矿普与本地语不同，就是隔着几里的另一个企业，也可一下子区别开来。同处一地，语言泾渭分明，这很像客家人，说明了矿山文化的强势。

语言承载着文化，它有文化和族群的聚合作用，相应地，也有隔离作用。矿山方圆百里，自然没有围墙，但语言是最高的墙。在本土乡音的包围中，独立地活跃着一群操着"矿普"的人，矿里人已用语言给自己贴上了客居的标签。

二是习俗不同。矿里人到来之前，这里的大山有自己的节奏，这里的溪流有自己的涨落，土著们有自己的社群，寺庙早在那里，祠堂早在那里，习俗也早就成形。例如年节的堆积土围烧火祈愿，挨家的舞龙祈福，矿里人来之前和来之后，他们都在自行地操演，与矿里人是无关的，后来舞龙的队伍渐渐也到了职工的门前，但那是矿山走下坡路的最早信号，只是还在骄傲中的矿里人并没有意识到。

饮食也这样，各做各的，各吃各的。共处一地，时间长了，自会相互影响，例如江西人爱吃辣椒，矿里人，尤其是第二代，也都爱吃，这可以看作文化的融合，但融合是极其有限的，矿里人主流的食谱，还是祖籍的食谱，口味还是家乡的口味；饮食的影响主要发生在内部，例如北方人占多数，矿里人餐桌上的食品就多了北方的品种和色香。饮食是文化，表现为口味，实质是经历和认同，"家的味道"与本地有别，人的种类也就有别。矿里人还是外乡人。

三是身份和气质不同。当地人对矿里人还有一个称呼，叫"公家人"，这样称呼时，话语里是带着高不可及的羡慕的。羡慕也有其足够的理由，20世纪50年代，直至80年代末90年代初的三四十年间，在荒瘠的大山中，国企简直可以理解为"高企"，是荣耀和文明的象征。千军万马红旗飘，"好人好马好刀枪"，到三线工作的都是各业的精英；不仅工资是国家发的，连工作的服装也是国家发的；一条叫"江边村"的铁路，硬生生地叉开铁路网，伸到大山里，用当地话说，"跑火"的时候，山东的大葱、海里的黄鱼、出口的猪肉整车整车地运进来，再纷纷摆到职工的餐桌上，这些，"乡亲们"都无权享受，在物质贫乏时期，食物是区别身份最直接的界线。

岂止是这些，最大的身份区别是子女的就学，矿山发展到高峰期，完中有两所，七八个工区还有配套的初中、小学以及托儿所，全是公办校所，孩子也几乎一色的"矿里人"，就近入学与当地人无关，唯独有关的是他们要为矿山的生活服务，贸易公司开办的商店是地方的，消费的主要客户群却是矿里人。此外，还有灯光球场和电影院等文化娱乐设施，都在向当地人骄傲地宣示身份的高贵，同时也在强化着这些人群的"外族"标志。

身份的区别带来的是气质的区别。气质与当地人是完全不同的，除了身份带来的高傲、自信、安逸和闲适，还表现为视野广阔带来的善言。许多的干部职工来自城市，见识和信息自然多，又生活在一个封闭的环境里，相互间的交谈也就多，练就了矿里人大都特别善言的本领和特征，这又是当地朴实讷言的山民所不具备的。

这样的区别还有很多，深入生活、习惯、婚姻、情趣、地位、文化的方方面面，整体性和立体性的与地方分隔开来，同时也凸显了"客居"群体的身份。

照理，既是完完全全的客居，便免不了思乡之情，但情况相反，这群人一方面自然地将自己当作外乡人，不与当地人为伍，最有说服力的是，无论贫富，绝不与当地人结为姻亲，一方面又执着地将故乡牢牢地锁定在客居地，反倒将这实际的第二故乡当作了实际的第一故乡，哪怕后来离开，已走了很久很远，哪怕在很远的地方已经安居乐业甚至出人头地，心里总想着这片群山，乡愁也殷切地寄向群山上空那轮静悬的明月。

这份看似矛盾的情思可以从聚会中看出来。

随着国家经济形势和产业结构的调整，高傲的矿山自20世纪90年代开始，光景一年不如一年，高傲的矿里人勇敢地低下昂着的头颅，由少到多、由慢及快地走出大山，纷纷到各处去寻找新的天地。矿里人毕竟有艰苦创业的基因，又是"见过世面"的人群，在自己和国家的努力下，相当多的人都找到了新的芳草地，不少还成为出类拔萃的一类。但当他们看着心血换来的满满谷仓，端起温热的酒盅的时候，忽然禁不住思念起矿山的"好山好水好年华"来，这才发现，他们又做了异乡人。

于是，他们产生了强烈的"相见"冲动，只要有人发出聚会的动议，他们便会心潮澎湃，心驰神往。

这些年来，中国出现了各种各样的聚会热，抛却那些功利的聚会，多数都是情谊所需和所致，矿里人的聚会也同，但又有别样的心愿和特点。他们虽然不一定都说得清楚，实际是弥漫的乡愁在暗中催促，这些急于相会的矿里人，大多已经步入或将要步入老年，无论境遇好坏，都尝尽了创业的艰辛和迁徙的不易，虽然生活已经安定，但心的归宿似乎模糊，情的依傍似乎空荡，因为，他们现在依然是客居的外地人；即便是少数有幸回到了原籍，依然抹不去外来人的感觉，因为你离开得太早，开拔得太远，桑田沧海，几十年光阴，八千里路遥，虽然还能以乡音交谈，但乡亲们能够听出另外的腔调，乡音已变，你没有察觉，陌生已在，你总感到哪里不那么契合。

所以，矿里人的聚会是带着浓烈的乡情和浅淡的乡愁的，见面时，神情特别地激动和紧张，生动地反映了"近乡情更怯"的心境；目光相遇，往昔显影，男人和女人的肢体动作都粗犷，平日的矜持都荡然。"我们把最好的年华献给了国家的三线建设……"说出来的和藏在心里的，都离不开这样的自豪和感慨。

矿里人的聚会地自然都指向矿山，也确有实现的，但让人失意的是，青春之地，梦里故乡，面目已经改变，直到后来，当地人"收回故地"，人群和屋宇大举覆盖，使得聚会只能选择在故乡以外——在靠近故乡的地方说故乡，在故乡之外回故乡，此情何堪？何堪此情？唯有执着地聚会和思念以疗补！

从此为异客，处处思客居，"矿里人"是一种身份和情怀都特别的人。他们怀着献身的豪情，响应国家的号令奔赴荒僻陌生的群山之中，在此为原子弹制造开山掘矿，他们如天降的战士和移民，自踏上这块土地就没有打算离开，且已经在这里繁衍后代，婚丧嫁娶，祖籍已经渐渐地成为一种念想，至于生长在矿山的后代，祖籍则是户口簿上的笔画。

特殊的支持和特殊的管理，所形成的封闭式社会结构，在造就出高傲、自信、重情、勇敢、自尊和安逸闲适的气质的同时，又将他们与当地的文化清楚地区分开来，他们在这里工作和生活了几十年，至20世纪90年代，第二代早已经接班上岗，数十载花开花落，情怀浸润，已将这块土地在生命里认作家乡，但随着国家经济建设的变化，又做了生命历程中第二次的移民，并且不再有当年激荡人心的集结号，和整齐浩荡的队伍。令人敬仰的是，他们又活出了异样的精彩！

"矿里人"扩开去，又可称为"厂里人"——他们是60年代全面开始，奉献于"三线建设"的特殊人群，这一群人有多少呢？至少要以百万计吧？甘肃乌鞘岭以东、京广铁路以西、山西雁门关以南、广东韶关以北，是地理界线的划分，在青藏高原、云贵高原、太行山、大别山、贺兰山、吕梁山等连绵山脉为屏障的深处，生活、工作着许多为新中国国防建设付出青春乃至生命的"厂里人"，他们都是精英，也都是移民，而且多数可能又经历了再一次的迁徙。

每每想起"矿里人"和"厂里人"，一个画面总是在我眼前浩浩荡荡的展现：在漫天大雪中，一位摄影记者，从镜头里看到一个蒙古族牧民家庭，拔起支架，收起毡包，带着简单的家什，坦然地在雪地里迁徙。牧民们逐水草而居的大气和勇气感动了他，泪水模糊了他的双眼，以致无法拍摄下去。

矿里人和"厂里人"，不也有这样一种不畏艰难的勇气和轻装上阵的大气吗？当年青春赴群山，后来携家开新业，一脉感人的精神，一脉厚重的情怀，一脉可歌的精彩！

魂念北屋

我虽未至垂垂暮年,却希望步履蹒跚,扶杖于山巅水边,向西北遥望,任清风拂髯,乘苍鹰穿云,回到那多情的小屋。

——我已降落在旧居的庭院,向北的小屋形貌依然,端坐案前,亲情和青春在眼前浮现。

夜雪悄然

春华秋实,夏雨冬雪,我在北屋的窗前领略了无数次自然的抚慰与激励,最应感激的是悄然而至的雪。

孤灯一盏,夜深一人,正在眼胀腰酸、思维混沌的时候,忽觉清凉的冷气从木窗的缝隙里撩拨进来,我默契地推开窗户,大股的凉气热情地扑入怀间,淡黄灯光铺就的梯台上,硕大的雪片翻飞起舞,连绵不断。我立刻清醒,又惊喜了!

起身,走到院中,只见夜雪弥漫,天地浑然,院里的花树都被白雪拥抚着、装扮着,包括站在院子里的我。雪片遮挡了视线,只能近视,但更觉长空无尽,心里的使命陡升起来,乏意也一扫而空了。

那时读书的心理，如果要回答，只有一个——"学问神圣"，确切的目标和功利是完全没有的，现在想来，真为这种单纯和糊涂庆幸。如果读书像现在的功利，恐怕我是读不到现在，也无法乐享其中的。学问神圣，源头上是父亲，父亲并没有说过这样的话，但他在行动上说了。还在小学的时候，红卫兵来抄家，父亲的藏书被弃了一地，堆得小山一样，书山提醒我，"长大也要读书"。父亲住北屋时，书报在床头垒得还像小山，此时我已被"学问神圣"彻底俘虏了。

母亲也加入了父亲的影响。小屋朝北，门窗的密闭效果差，又没有供暖，冬天的半夜，寒冷像铁丝缠体、木块压胸，这时脚下多了一个铁盆，里面装着热水，侧头看去，母亲正退步将门轻轻地掩上，"学问神圣"的教导也就在热水和掩门的动作间传遍我的周身了。

人这一生，走南行北，悲欢离合，会留下许多难忘的记忆，像北屋这样的记忆，融合了青春、进取和父母深情，必然是我永生铭记的。我感念北屋的夜雪，我感念父母的养育，它是天地自然予我的滋养和恩赐！

生日的价值

年近花甲，过过许多次生日，有给自己的，也有给别人的，但庆贺的真诚度多数要靠物质来支撑，认真说来，纯度与厚度都有折损，而我的那次生日则不同，于今想起，仍旧情难自禁。

　　一次从大山里的知青点重回北屋。还是一个寒冷的冬夜，我正伏在案前读书，木门开启的声响传来，只见母亲微弓着身体，双手小心地端着一碗热气腾腾的米饭，放在案上，一阵炒鸡蛋的香味瞬间弥漫了小屋，我正要合书取筷，母亲却反常地坐下，眼里漾着爱怜的笑意，轻缓且神秘地说道："今天是你十八岁生日，蛋炒饭，猪油炒的……"那一刻，我周身滚烫，咽喉梗塞，为掩饰，草草地说："是吗，都忘了。"母亲像完成了一件大事，轻松地离开了。

　　那一夜，我读到很晚。

　　一碗蛋炒饭的承载是厚重的，它不仅让我深刻地领会了长辈的希望，更懂得了坚守精神情感的珍贵和价值。爱在本质上是心的表达，物厚情真的世俗逻辑是对爱心和爱意的误读，甚至是亵渎。所以，每当家人重要的生日，我总提醒自己要特别表达一下不被物质代表的意愿。于是，女儿的成年日在得到妈妈选送的一件饰物外，还接到了我给的一封《致儿十八岁》的书信，事实再一次证明了精神情感的力量，菜未入口，泪已先流，而我则像母亲当年一样，招呼开饭，轻松畅然。

　　精神传递和感召应是人间正道，尽管正道时常要遭遇沧桑，但仍然是要坚持的。离开北屋多年后，我在一个单位承担了负责人的工作，身处物质至上、观念多元的世界，一直坚持着精神文化的传导，虽多遇好意的批评，仍坚守不弃。

爆竹声里

父亲高小毕业，自学成才，一生以书相伴，20世纪50年代就在省报上发表通版长文，退休前还能熟练地背写岳飞《满江红》，"凭栏处、潇潇雨歇。抬望眼、仰天长啸"，诵读与书法齐上，羡煞了一帮年轻后生。母亲则生在地道的书香门第，一家四兄弟，50年代三个考上大学，两个同年中榜，震惊婺源古镇；母亲作为长女，未曾裹脚，先完成了高中学业，后又被选送大学，如此家学渊源，自然看中读书，于是我就成了父母"流长"的延续者。希望和要求都在无言中，压力也因此巨大，无法怠慢。

我去参加考试，母亲总要默默地送到门口，看似无意，其实有意。一次考试，母亲突然改变了沉默，记得我经过"锱铢必较"的准备，飘飘然离开北屋，信步向大门走去，在离家十几米的时候，身后传来爆竹的噼啪声，引得邻居出门观望，忽然发现邻居们的眼光都对着我，立即意识到这爆竹与我有关。回头望去，母亲站在门口，对我笑着，二哥手里捏着点炮的烟头，跟着母亲同笑。

我深切地领悟到读书已非我个人之事。此后又参加了许多考试，父母生前，以及生后，从专科到本科，从第一学历到第二学历，耳畔常会出现爆竹声。

可敬天下父母心，责任在肩不可息啊！

家书万金

父亲给我写过书信，但这是唯一的一封，厚重无比。

1977年，高考的消息传进了大山里的知青点，一群迷茫的青年顿时心花四放，畅想缤纷。我望着通向山外的豁口，一条土路在下坡处消失，茫然而恍惚。

高考考什么？我能做什么？我又怎样做？兴奋之后，困惑连连。正在我不知所措的时候，同伴从山外带来一个大包裹，照例地有山里堪称佳肴的榨菜炒肉，装在玻璃瓶中，被白色的猪油裹挟着，此外还多了几本书和一个黄色牛皮纸信封，信封上有父亲润滑飘逸的字迹："烦托转交某某收"。可惜现在我不能记起信里的原话，只有抬头"刚儿"二字还历历在目，信的内容是告诉我，带来几本复习书，望好好复习……见信如面，殷勤的希望已使我热血奔流，打开书籍则使我烈火灼心了，每本书、几乎每页的空白处都密密麻麻写着父亲的批注，还记得一本书名是《中国古代史》，白色的封面，粗劣的纸质，父亲竟在扉页上客气地说，他先读了一遍，与我交流。

我知道，父亲的信是在北屋里写的，我知道，他还在北屋用最短的时间看完了送来的书籍，我看到，父亲时而喝一口浓茶，时而点一棵香烟，时而用食指在舌尖轻舔，然后，小心地翻动着书页，眉宇间写着期望。

自此以后，一间粮仓下的木板屋里，亮起了长明的油灯，自此以后，大山里出现了一个经常忘事的青年，一日到食堂打饭，竟怎么也找不到饭碗，后来在窗台上找到，碗里留着前日的残羹——他好不容易想起，窗台后是他居住的木板小屋。

深切的冷落

父母越是宠爱，子女越是向往羽翅下的温暖。回家对我是盛大和得意的节日，因为家里有父母如蜜的眼神，还有兄姐甘做配角的隆重，但有一次的回家让我的特殊待遇荡然无存。

我在北屋里读书，也在北屋里热恋，恋人远隔，鸿雁传情，北屋兼做了我的情书写作室，两地书写了一大摞。每到寒暑假，便急切地奔赴约会，阵脚慌乱。一次，正在和恋人悠闲地散步，得到消息："回来补考"，当时搅在心里的都是意外和羞愧，蜜意全无，匆匆踏上回程的火车。不知老天是否有意为之，本来一天的路程，被一场愤怒的大雨挡在了半途，更倒霉的是大雨不停，连站台都出不去，夜雨如注，天地昏黑，只好像智障人一样跟着旅社的托，摸黑在一间脚臭扑鼻、被褥湿黏的"内部"旅店和衣住了一夜。

狼狈不堪地回到家中，刻意地想接受安慰，习惯性地要迎接关注，却感觉寒气弥漫，寂静异常，兄妹们似乎不在家中，母亲照例迎接了我，但目光游移，含糊有责怪意。父亲甚至连看我一眼的意思也没有，转身到后院默默摆弄他的花草，长久不回屋内。

冷落，从未有过的冷落！我终于知道自己犯了大错，也领悟到藏在冷落中的深切希望！草草擦洗，从行李中翻出在约会地新买的教材，一头扎进北屋，直至成绩出来，家里才温暖如前，而我则余悸难断。

西山的雪茶林

　　站在北屋的窗口，向北望去，可以看到一道山梁，平日里读书累了，我会沿着屋后的田间小路到山上散步。山呈不规则的菱形，站在最高处，可以看到东面山下大片的水田，阳光照在水田里，泛着灵动的荧光，再远处是火车站，那是我离开旧居的地方，从那里，我带着家人的期望走向更广阔的世界，也在那里扯痛了父母脆弱的心怀；山的西南面是一个山坳，长着密密的茶树，初春时节，可以看到大朵的茶花，粉红的花瓣，嫩黄的花蕊，努嘴一吸，喉咙里立刻有清甜流过。但后来我是将这片茶林与读书的北屋连在一起了。

　　痴迷读书的人都有将身体置于安静一角的喜好，因为读书人的天地在心里，心的飞翔是要卸掉外物的羁绊的。去茶林读书起于一个雪后的冬日。在屋里读到艰涩，忽然想起西山的那片茶林来，那里此时一定很安静吧？穿上厚厚的棉袄，将书塞进怀里，一头钻进密密的茶林。大雪淹没了脚踝，翠绿的茶林被冰雪厚厚包裹，总不能站在冰天雪地里读书吧，上树，于是将身体往树杈间一插，背部斜靠着弯曲的树干，双脚搭上前面的枝丫，身悬空中，如坐躺椅，便大声地读起书来。

那是一种怎样的疯狂和奇幻呀,白雪覆盖,人迹罕至的山上,诵读的声音从林间阵阵飘出。循声找去,密林深处,一人半躺在树杈上,双手捧书,唇齿翕合间白汽股股,碎雪飘落发身,与山林融为一体……

在雪茶林里读书,享受到别样的心旷神怡,回到家里,换去潮湿的外衣,心里已做好了下次"约会"的打算。有意思的是,母亲对我的举动不做异常的反应。

魂魄可以驾云翻飞,自由操弄时空,但生命只能屈从于岁月的轨道,无法倒行。我知道,我已经回不了从前的小屋,已经看不到双亲的面庞,然亲情和青春定永驻于心间。

谨以此追念。

2015 年 11 月 5 日完稿于父亲祭奠日

光阴拾碎

何处是乡愁

有一种心绪，萦绕在每一个人的心怀，或早，或晚；有一种情怀，拥堵在每一个人的心间，或富，或贫；有一种唠叨，晚辈们厌烦到无语，后来又照样地延续。这就是乡愁，让人挥之不去，像魔咒一样执着追寻，生生不息。

乡愁是那桌年夜饭

年夜饭，作为一种团圆的仪式，无论身在何处，年年都要参加，但味道已经不如从前。区别主要不在味觉里，而是在眼睛和氛围里。

离家一年，如隔一世，怦然心跳地来到旧居的门口，母亲和妹妹已经用带着温情和兴奋的眼神迎了出来。大姐在露天的水管下洗着器皿，衣袖高高挽起，手臂冻得紫红，屋后搭起的厨房里被热腾腾的雾气笼罩着，父亲在一口大锅前翻搅着煮得香气四溢的白水猪肉，二哥在向灶膛里添着柴火，柴火架得很高，发出噼啪的脆响，火光将他的面庞烤得通红，大哥蹲在一角，正使劲地向一个青色的石臼里捣着吃饺子用的蒜泥。捣蒜泥是讲究活，撒盐、捣蒜，用力要均匀，色泽要银黄、绵细。大哥是父亲捣蒜的传人，这活大多由他承担。

饺子正等着下锅，排着整齐的队伍站在秸秆制的盖帘上，大小一致，饱满结实，像一排排的银元宝。饺子在早前就包好，但我能想象那协同热闹的场面：桌面撒一层干面粉，大姐一手做轴，一手抚面，面团在柔和的转动中最后变成浑圆的山包，皮嫩色亮；大哥擀着饺子皮，中间隆起、边缘薄圆的饺子皮从面团和擀面杖的夹缝间飞雪般落到父亲一端，父亲是包饺子的高手，长条竹片一舀，馅入皮中，双手作揖只一按，漂亮的饺子就"出炉"了。一家人揉面、擀皮、包饺子，再将一盘盘包好的饺子放到空处，同时说着大大小小的家事，温馨而欢愉。

年三十的小院，像在演奏欢快和谐的交响乐。菜食和碗筷已经摆好，父亲一挥大手，"来吧！"像指挥家手里的指挥棒。母亲已经当然地先坐下，待一家围坐在硕大的圆桌旁，院里的鞭炮已经欢呼般的响起，闪光映照着家人幸福的面庞。酒过三巡，便是照例听父亲讲他的大家熟悉和不熟悉的故事，以及兄长的只有家人才反应得过来的玩笑，母亲则满足地笑着。一家人或吃或说，或说或笑，欢快无拘，我也便在这温情的氛围里，忘记了离别的生活。

但这样有味道的年夜饭是再也没有了。父母已经默然离世，旧居已经换了主人，兄姐们各组家庭，分处不同的地方，再见面重复围坐团圆的动作时，总觉着少了中心和依靠，竟然有同事聚餐的感觉，生熟搅拌在一块，让人总不能像从前那样酥酥地松弛下来。酒菜远比从前要好，器皿也光鲜得多，在明晃的包间里，也没了从前蒸炒食物弥漫的雾气，但总觉得热闹有余温暖不足。

　　在异地的城市，每年也有吃年夜饭的仪式，但根据观察和听闻，味道也同样不如以前。老人还健在，照理应是交响的指挥，可以收放有序、管弦和鸣的，但团圆的地点大多变成了酒店，指挥已是酒店的经理，连器皿的摆设都由服务员代劳了；话题也变得分散，虽然信息的密度可能比以前要大，但中心往往是不在老人那里的。有老有小，有贫有富，加上观念和性格不一，要保持团圆的热闹，只能说些浅薄的笑话，或是隔得遥远的新闻。老人往往失去了话语权，虽然也自然地想讲讲"妈妈或外婆的故事"，但未能从晚辈的眼睛里读到兴趣，也只能克制了。

　　微信的兴起，又加剧了伦理的破坏。常看到一家人围坐桌旁，几个人旁若无人、又"理所当然"地各作低头状，看着手机，团圆变成了分处。曾看到一张外国的行为艺术照，家中的餐厅里，大小几口，或坐或立，各自做着低头看手机的姿势，而手机并不在手里，情形使人心生寒意。家族的中心动摇了，亲人之间目光相对的交流日少了，这是进步，还是退步呢？

　　习传千年的年夜饭，形式也越来越远离内容，本来繁复的仪式就是用来表达繁复的亲情和福愿的，但现在常被简化到无趣，以致许多的家庭将它改成了"年昼饭"，匆匆团聚，各自散去。让人失意和慨叹！

乡愁是压在枕头底的新衣

过年神圣到什么程度，还可以从置办新衣上看出来。那个时候，无论多么困难，也无论有多少家庭成员，老老少少都是要置办一身新衣的，其不可忽略，像祭拜的日子要置办贡品一般。

孩提时代，不理解新年穿新衣的象征意义，但知道新衣的珍贵。记得那年过年，母亲为我照例地做了新衣，蓝色卡其布的，还有一双白色的胶鞋。新衣初一才能穿，像参加一个隆重的演出一样，将新衣小心地叠齐，袖归袖，缝对缝的，轻轻地压在枕头底下，胶鞋穿好鞋带，端放在枕边，三十夜守岁到12点，便急切地钻入被窝，枕着新衣，闻着胶鞋的香气，两眼看着天花板，盼着天色早点亮起。

因为前夜有期盼，加上邻里及各处的人要来拜年，起床比任何时候都要快捷，穿新衣，着新鞋，快洗漱，即出门。一连串的动作，都被激动和幸福的红线串连。俗话说，"女为悦己者容"，一个小男孩，如此看重衣装，到底是为了什么呢？应该只是"悦己"吧？但悦己偏偏不得，遇着日出雪化，一地泥泞，又到处莫名的显摆，脚下一滑，四脚朝天，雪白的胶鞋黄了脸，新裤的膝盖处也开出一道凄惨的豁痕，只好哭丧着脸，"只把旧服换新衣"。

大人们过年也齐齐地穿上簇新的衣服，上班一样挨家拜年。"老张，新年好啊！""新年好！"主人真诚地笑答，便招呼坐下喝茶，吃前夜早摆好的糖果和瓜子，这样的接待和串门初一是高潮，接下来要持续几天，更有意味的是，平日几乎不说话的邻居和同事，这几天也会热乎乎地着着新装，来到家里，主人也同样热乎乎地招待。

现在也依然有拜年，但已经从"线下"变成了"线上"，祝福的话语倒是丰富了，但自创的已经罕见；关系特别亲密的仍会到家里，但也与先前不同，多必带着拿得出手的礼物，不知是为了显示亲密，还是生疏。城市里这样，农村还是保留了以前的方式，挨家地走动，但据说也变了味道，虽然也都换了新衣，但活跃的是从城里打工回来的年轻人，只要可能，或租或买，都开了小车回来，显示光耀的成分已经大于拜年。

物质的丰富和工具的先进，掩盖了人情的质朴，拉远了人们的距离。城里的"原住民"已经不会过年，像我这样的数量众多的"移民"，因为不知道当地居民传统的过年方式，则是失去了过年的能力，年味只好在心里品咂。年味越来越淡，其实是人情越来越淡，我找不到将这种变化看作进步的理由，于是黯然。

乡愁是一盘目鱼炒肉丝

乡愁在舌尖上，确是这样。勾起我乡愁的食物是一盘"目鱼炒肉丝"。

我的童年，直至青年，生活在一个大型国企衍生的工业城里，20世纪六七十年代计划经济时期，居民食物的消费主要在集体食堂和自家的厨房，饭店还极少，但正因为如此，吃小灶、下馆子便是稀罕和奢侈的事情。记得有一位主妇，常好下馆子，还引来大家的非议，几乎被贴上了"坏女人"的标签。

但馆子里的小灶还是极具诱惑力的。一天中午，父亲向我递了一个暗示的眼神，我居然大体猜了一个明白，便默契地悄然随他向屋后的小路走去，在拐角处遇见一个父亲叫他"卢工"的大人，也显出鬼鬼祟祟的神色。大人边走边聊，在离城区几公里的地方出现几幢建筑，"王陂饭店"几个大字赫然在目。这是地方开的一家对外经营的饭店，类比起来，完全是现在城市里的五星级酒店了。看到招牌，我便肯定今天有激动人心的事情发生，于是已经先激动起来。

餐厅里沿窗摆了几张木质的小方桌，记得大人从包里或是口袋里拿出一瓶白酒，饭店提供了两个小酒杯，瓷做的，三双已经失去底色的竹筷相对摆开，便等着开小灶。一共上了三四道菜，都用平底的青花瓷盘装着，其中一道香气垂涎，听父亲讲，他从前在城市工作时吃过，叫"目鱼炒肉丝"。味道极好，特别是混着白酒的气味，更是诱人。几十年过去了，至今我还能记得菜的样子，细长滑亮的猪肉丝，条状褐黄的目鱼干，其间穿插着青白的大葱丝和鲜红的辣椒段，堆得像一座妖媚的小山，真是色香味形俱全，现在想起，还满口生香。

后来长大并成家，调到新地工作，还会因事触发，要在家里照样地炒一盘，虽然还是好吃，但已经远比不了记忆中的那盘可口。这样的经验许多人都有，闽南这地方叫"古早味"，许多长居海外的华人回来要专门找到来吃吃，但从前的味道一定是寻不回来了。年轻时读书看到"珍珠翡翠白玉汤"的由来，说是明朝皇帝朱元璋没当皇帝时，窘困潦倒，一日饥饿难忍，到一寺庙寻食，和尚慈悲，给了他一碗豆腐和青葱做的汤，美妙绝伦，问是何菜，和尚说了此名。朱元璋做皇帝后，专门让人照样做了来吃，但已品尝不出庙里的香味。

一道普通的菜肴，能够让人一生怀念，是因为与人生特定的经历和感受联系在一起的缘故。以那盘目鱼炒肉丝为例，生活在经济困难时期，父亲既想给自己打牙祭，又想奖赏孩子，但孩子多，只能顾及一个，父亲暗示的眼神透着关爱，也装着无奈，知此情怀，怎不感念和珍惜？至于时过境迁，再也寻不回从前的感觉，是因为现在的食物已是单纯食材和调料加工的产物，空无人生，了无情感和故事。

乡愁因人生、情感而生，因不可复制而萦绕不去，它抚慰着人们伤痛的心怀也净化着人们浮杂的心灵。

乡愁是砍柴路上的馍夹肉

那个年代，上山砍柴也是山区企业干部职工常做的事情。日常用来煮食的燃料还主要是木材，煤炭和煤气是后来才有的。砍柴要翻山越岭，走很长的路，是极其辛苦的体力劳动，但在孩童的心里，却有无尽的吸引力和乐趣。我参加过一次家庭组织的砍柴活动，从此便成为一段悠长的记忆，永藏在心底。

父亲找了一位司机，那时候叫师傅，计划第二天去山里砍柴，用现在的话讲，就是公车私用，但在那个年代，借公家的资源解决困难的生活需要，是一种常见的做法，并不忌讳，只是调子不要太高。对孩子来说，砍柴就是野游，充满了期待。父母在前一天就忙碌了起来，找来用于发面的"老面"化开，然后在一个大大的铝盆里和面，待面被揉搓得像一个圆圆的小山一样以后，在上面盖上一块洗净的纱布，等着发酵。更让我们期待的是父亲煮了一大锅的卤肉，盛起的时候满屋飘香，勾人馋涎，但活动开始以前是谁也动不得的，白面馒头夹喷香卤肉，是大家明日砍柴的午餐，在那个食物配给的年代，这要归入美食了，现在的麦当劳和肯德基岂可相比？

第二天，父亲带着四个孩子乘车在弯曲的山间公路上起起伏伏转了很久，终于在路边停了下来。与师傅约好，下午几点来接。一家人便下了公路，向山里走去。路边山上的树木已被砍得稀少，所以要翻过几道山才能砍到合适的柴火。毕竟缺少锻炼，加上年龄还小，我早已累得腿酸，心思也更在那馍夹肉上，但不到时候是不能用餐的。所以只好硬着头皮跟着哥姐爬山，下山，又爬山。

柴火终于砍好，接下来是运到公路边，其实是用肩膀扛，空手已累，负重可想而知。我得照顾，扛了一节小的木段，那是一节"黄檀木"，木质坚硬，当地人常用来做挂在牛脖子上的"牛套"用的。这节檀木伴着我在弯曲的山路上游走，与我的记忆结下了永远的缘。檀木中间细，两头粗，弯曲着，竟然真像一个牛套，我走，它晃，我停，它也停；停停，晃晃，晃晃，停停，又顶着头上的骄阳，一阵恍惚，我终于同这节弯曲的檀木一同昏倒在路边。几十年后，作为家庭的故事，大姐和大哥们还对昏厥一事做过分析，但结论一直不明。这段檀木运回家中后，被做成了一个砸东西的锤子，用了很久。

集体休息，终于可以吃馍夹肉了！怎么吃？这是个问题，也是个讲究，现在的大快朵颐的孩子是无法感受其中的乐趣的。听过一个有趣的故事，说是旧时农村的媒婆说媒，先要在被说媒的家里吃一顿饭，为确定能拿到红包的数量，媒婆要运用一双智慧的眼睛观察。怎么判断这家子的经济情况？看他们的筷子朝哪里伸，如果碗里有一条鱼，筷子先伸向肉多的脊背，说明缺吃，经济状况不好，如果先伸向鱼肚子部分，则说明讲究，经济状况不错，可以要价高些。依此标准，我则是属于家庭经济状况不好的了。吃馍夹肉的时候，我采取的是先馍后肉的程序，待将馍几乎吃完了，运一口气，再专注地吃肉，为的是充分感受。一口下去，满嘴是肉，满嘴是油，满心满足。

说到馍夹肉，忽然想起西安的一种特产"肉夹馍"来了，我是看过也吃过的，明明是馍夹肉，偏偏要叫肉夹馍，可见这东西是缘起于贫穷，但贫穷是喜怒哀乐的母亲，是人生情感的催生器，是乡愁的源头。

乡愁是散着火药香的双管猎枪

现在的孩子已经没有持枪打猎的经历了,而我却有。

家里还有父亲珍藏的一把双管猎枪,子弹是粗大、金黄的铜弹壳,没有弹头,将火药和铁砂、钢珠放入,用纸塞紧,便可使用。子弹平日齐齐地码在一个盒子里,放在办公桌中间的抽屉,令人遐想。

一天,父亲宣布了一个好消息,带我们去山上打山羊。虽生活在山区,但打猎的经历从未有过,让我们充满了好奇和想象。打猎之行可谓专业,跟着山里的猎户一道出猎。父亲打过仗,像模像样地扛着擦得油亮的双管猎枪,走在猎户的后面,我们则以为猎物和枪响随时会出现,瞪着眼睛,怯怯地跟在父亲的身后。后来才知道,这阵势是让猎户忌讳的,这从猎户的表情和后来他们跑得没了踪影可以得知。我们站在山路的一个拐角处不知进退,正无措的时候,突然山林的深处传来闷而散的枪响,是猎户土铳发出的声音,不久传来紧快的脚步声响,"让开!"接着就有一个喘着粗气,肩上背着一条黄色的东西,从我们身边匆匆地跑过,另一个皮肤黑亮的猎户向我们跑来,对着父亲说了几句,说完也尾随前一个而去。原来还有一只山羊,受了伤,跑了,林间设了夹猎物的机关,交代我们不要乱走。惊魂未定的我们被晾在了山里,敢情我们是出猎的负担和闲人。

失望一定被父亲看出。后来父亲又专门带我们到了一处小山上,"来,我们来打前面那棵树!"父亲双脚前后张开,将双筒猎枪抬到眼前，随着"轰！轰"两声震响，枪管里冒出两股烟气，火药的香味也弥漫开来。跑到树下一看，树皮被硬生生打下一块来。记得我也打了一枪，是否中标，便不知了。

这是一段特殊年代的特殊经历，现在想来，除了仍感神奇和有趣，还伴着悲凉的心绪，因为带着我们打猎的父亲已别世而去了。那个扛着猎枪的强壮背影，那个端起猎枪瞄准击发的英姿，竟然都化作青烟散去。生命如此匆匆，生活永无回复，怎不让人感叹无奈，并久久怀念！

乡愁是奋不顾身的捉迷藏

许多成年人有过玩捉迷藏游戏的经历。后来知道，这种曾经在中国城乡风靡的儿童游戏是世界性的。想到在同一个时间里，海内外不同国度的乡野、街巷的角落，各种肤色的儿童同时在欢快地捉迷藏，不禁心生无名的激动。

据说捉迷藏的游戏缘起于古希腊，基本规则是一人蒙眼，众人躲藏，被蒙眼人捉到的，则续扮蒙眼人，如此替换，直至体力用完、兴致用尽，或得到大人的命令，及其他原因停止。各国各地游戏条件又有变换。

我们那时候多在晚饭前或夜里玩，特别是夏天的夜晚。那时候没有电视，更没有网络，似乎也没有作业。没有空调的室内，闷热如罐，充沛的体力无处释放，正是玩捉迷藏的好时候。有人群的地方必有领袖，招呼一声，又正合所想，便像模像样、兴致勃勃地玩起来，工作一天的大人也落得休息。

游戏是可以看出智慧和品格的。照理，负责捉藏的人要用布先蒙住眼睛，我们都用单纯给予了信任，自己用手遮盖即可。实诚的不负信任，使劲儿地盖着眼，往往将眼眶压出了红白的指痕；调皮的则故意边喊着"好了没有"，迷惑着四处躲藏的同伴，边从指缝里观察，像监控探头一样，早将鼠窜的人紧紧瞄住；躲藏的人也是这样，笨些的总干掩耳盗铃的事，例如躲在柴禾的后面，弄得窸窣作响，忘记别人眼睛虽蒙上，耳朵还竖着；更好笑的是费尽千辛万苦终于将自己藏起，竟然大声地报告"好了"，未捉自招，"引狼入室"，也活该被迅速捉到时的一脸沮丧样。

也确有聪明的，小小的年纪，竟然无须历练，无师自通，懂得"最危险的地方也最安全"的道理，大家四散躲藏，他却默默地站在捉藏人的身后，以静制动，待那人傻傻地向前跑去，他悠闲地回到家里抓起半个馒头啃下，补充了体力，等着游戏结束还逍遥法外的骄傲。

更让人佩服和感叹的还不是站在身后的举措。记得有一个玩伴，平日就表现出鬼精灵，一次捉迷藏竟然躲进了鸡笼里。后来我也作为后继者躲过一次，才知道那是需要足够的智慧和勇气的，首先是选择，已经超出常规的思维，再就是你要忍受鸡笼里难闻的鸡粪味，并且是长时间的忍受，蜷曲在狭小的鸡笼里，你还要忍受鸡目相对的恐惧，防备它伸出尖嘴叨击，真要如此，那可是人落鸡笼被鸡欺了。当然，大风险往往有大收获，总是做了最后的胜利者。但不能做到极端，那个鬼精灵就太极端，长时间不出笼，"妈妈喊他们睡觉"去了，他还躲在那里，最后落得个独出鸡笼皆茫然，也是寂寞。

童趣，夜幕下楼前屋后游戏的童趣，已经离我们远去了。那智慧、那朴拙、那勇敢、那和谐、那单纯和无忧无虑，不会再回来了！

乡愁是那高耸的水塔山

母校对面数百米的地方有一座高高隆起的山，山顶有一柱高高竖立的水塔，那里写着我恣肆的少年。

"文革"后期，军代表进校抓教育，水塔山常作为学生"抢占制高点"的目标，其实是一项体育锻炼的项目。老师指着远方的水塔山发出进攻的命令，一大群学生便呼叫着冲去。我从来是临阵脱逃的一个，山底下是乡镇的街市，那是我自定的目标，朝店铺里一侧，便趁乱完成了溜号，待大部队汗流浃背的返回，我再信步归队，算是也参加了一次同仇敌忾的攻击，屡试不爽。

比赛登山太累，小团体游玩却有趣，我也是多次登上制高点的。

水塔的外围设有用于检修的铁栅，可以绕着走到塔的中端，要登顶还要攀上一架竖起的铁梯，铁梯窄而陡，少有人攀爬，但因是通向最高点的通道，我们是从来不惧的。水塔的顶部是封闭的，四周有钢筋制成的围栏，站在塔顶，手扶围栏，向前可以看到整个城区，有"一览众屋小"的舒畅，向下可以看到一条弯曲的河流沿山流过，白水青山，农夫隐现，有莫名的兴奋。但刺激才是我们的追求，摇摇晃晃的围栏，胆小的站在边上都腿颤，我们却敢头朝下，将身体倒挂在围栏上，张开双臂，欢呼着翻倒看世界。奇怪的是，竟然从未听到过因此坠落的消息。

塔顶刺激无限，塔下的山坡也是安顿少年躁动的乐园。几个伙伴，从家里各自偷些吃的，找一块有草的平地坐下，馋兮兮地"会餐"，满足而幸福，遇着实诚的，一脸向往地抒发对某个女生的喜欢，引得胆小的伙伴一边心跳，一边望着夜空乱想，坐到很晚，然后往事烟消云散地下山。

一次三个伙伴相约再上水塔山，其中一个父亲在贸易公司当经理，主动承诺"干一票刺激的"，鬼觑觑地从家里偷出两包牡丹牌的香烟，三个人摸黑上山，鬼火般一明一暗地吸起来。我便有了人生第一次"偷食禁果"的经验——醉烟：仰倒在草地上，模糊的星空像一个大大的转盘，似要吸我而去。第二天班主任要吸烟的同学主动自首，我们还以为案发告破，后来才知是几个平日表现好的班干部干的，地点也不在水塔山上。

几十年后，我回乡遥望过水塔山，水塔还立在山顶，只是已经不像记忆里的高大，孤零零的，很寂寞的样子。物还在，人却已全非，那个发出爱情"告白"的伙伴已有了妻子，但模样远不如他说的那个；吸烟的两个，一个远去了外省，听说做了司机，另一个据说精神上出了问题，不知在哪里。

一群单纯、友善和顽皮的少年，在时间的无端安排下，生活竟会如此的难以预测，真让人慨叹。

乡愁是一台播出鸡叫的录音机

原来的企业已经改组，处于半停产状态，居民也大部分离开故地，搬到在城市边缘专门辟建的一个小区里。去年因参加当年球友的聚会，我到了小区里，下车没走多远，就看到一个人像朝我打招呼，待走近证实是对我时，我的呼吸一下子凝滞了。

"唐老师？是他吗？"他坐在路边的一架轮椅里，戴着一顶帽檐卷曲的蓝色帽子，颜色已经泛白，满脸像钢针一样凌乱的胡碴，半抬起手臂，向我打招呼，浑浊的眼睛泛着光。"你回来了？"他对我笑着说道，露出几颗黄色的豁牙。我不敢相信，这就是那位会大声唱京剧、痴迷读书和工作的唐老师。

他是我的邻居，因为喜欢读书，从工人岗位调到学校担任政治老师。1982年，因为担心师资离散，企业决定教师不得参加高考，我从师大的教室里回来，另投他路，与数百名"有志青年"一道参加了国家首届中文电视大学考试，并有幸考中。上课主要是听电视讲课，但因为是在职学习，无法及时听课，学校派唐老师做了电大班的班主任，日常班级事务外，唐老师的主要工作是录音，以便晚上放给学员们听。

每次放录音唐老师都在场，坐在教室的前面，听完一盘带子，再放一盘，放录音的时候，他就在备课，或阅读和我们一样的教材，现在我还记得他一边看书，一边在书上勾画的样子。开始没有教材，听课的人还很齐，后来有了教材，完全是录音的文字稿，来的人就日渐少了，但唐老师仍然像钉子一样坐在教室里，一丝不苟地重复着放盒带，换盒带，进盒带，退盒带的动作。唐老师录音是要用到工余的时间的，开始我们并不知道有多辛苦，一次听一个学员说，他在听课的时候，从录音机里听到了鸡叫的声音，后来我也听到一次！几声遥远的鸡鸣声深深地震撼了我，唐老师录音到几点才入睡的？在万籁俱静的夜晚，还是东方吐白的凌晨？他像没事一样缄默，当学员们予以赞美的时候，他用谦逊的一笑截断了大家必将流淌的谢意。

但现在的唐老师没有坐在教室里，而是坐在了路边的轮椅里，往日的容光已被凌乱的胡碴吸干，洪亮的声音已埋入浑浊……

后来学成而踌躇满志的学员是否还记得他？后来学成而扬鞭奋蹄的才俊，歇马回望时，是否还听得到那几声遥远的鸡叫？那台伴随大家多少个夜晚的双卡录音机一定破损报废了吧？

无论如何，一定都记得的，因为那是可敬，因为那是艰辛，因为那是青春！

乡愁是一棵并蒂树

母亲的故乡也是孩子的故乡。婺源，一个白墙黑瓦，青山绿水的仙境，2004 年 7 月，我捧着母亲的骨灰魂归故里。

我乘着飞机去的，母亲像个投向妈妈环抱的孩子，穿云破雾，

光 阴 拾 碎

情深意切，故乡的母亲河——星江河接受了她。我和姐夫在星江大桥上将一部分骨灰撒下，天空舞起白色的花瓣，欢快而柔弱。女儿站在一边，一同目送化作清流的老人，母亲的母校婺源中学也在河边见证。

送行遇到了许多震荡心怀的暗示。在县城入住的酒店是导游安排的，就在星江河边。冥冥之中似乎有一种声音在呼唤，早早就醒来，出门向右，在寂静的街道恍惚地漫走，立即就有一所学校的大门迎在了眼前——婺源中学，这不是母亲的母校吗？大门开着，学生已经放假，校园显得安静，看门的人也没有阻拦我，不知是看我像老师，还是就知道我与这里有一段幽深的缘分？我饥渴地搜寻者，朱熹的雕像，教室的走廊，班级的门牌，尽力地想在眼前幻化出母亲做学生时的模样，但立即又克制，心事重重地回到酒店，准备另一个早安排好的大事。

小姨和二舅专程来了，一队人走了很长的路，来到县城的植物园山顶，这是县城的最高峰，可以俯瞰整个县城，大家郑重地将母亲的骨灰埋在一棵半人高的小树下，二舅边培土边抽泣。然后点上几炷香，烧金黄的冥纸，小姨已经蹲在地上悲切地哭念。

十年后，我又一次回母亲的故乡，这里已经有了我的牵挂，一家人再到山顶安顿亡灵的地方祭拜，山顶的植物已经发生了很大的变化，小姨年年来祭拜，熟练地找到原址。当年的那棵小树已经长成枝繁叶茂的大树，沿着树底向上看去，突然心跳如雷，我克制住不敢深想，拉着妻儿在树前照了一张相，然后缓缓地下山，心事却汩汩不断，直至现在。

人之亡真有灵吗？当年种下的小树是单株的，现在却是并蒂的两株，树干出土一小节的地方，又并排地生出一株来，一粗一细，同在一个母干上，齐齐地伸向天空，粗的一株在半空里又长出一条分支，像手臂一样伸向细的一株，显出温情的姿势。我想到了"在天愿作比翼鸟，在地愿为连理枝"的诗句，但这比连理还要亲密，是两棵并蒂的树！

我知道这是自然的巧合，但我宁愿将理性抛去，相信亡灵的存在，我愿非理性地延续心底激荡的亲情，并为此寻找支撑的依据。

我在网上查到了玉女降临凡间农舍，与农家小伙放牧同耕，至死不渝的传说。玉帝唤儿不归，降洪水淹没山村，淹死玉女夫妻，"洪水退后，江边长出了两棵树，当各自的树干长到三米左右时，横空的树枝长了出来，把两棵树干连在了一起，这横空树枝把两棵树相连后，各自的树枝又长出树梢，向天伸展"。这个传说发生在西南的金沙江畔，一南一北，远隔千里，相距千年，长空之下，竟有如此相像的呼应？更让我不能自已，并感慨万千的是，传说中的这位农家小伙竟然也姓田，与父亲同姓！

亲人亦已去，托体同山河，冬去春早迟，生者独相思。灵魂化归自然已未有感知，但生者要将亲情珍藏和延续，这也是文化的传承，其中包括绵绵的乡愁。婺源，母亲的故乡，也是孩儿的故乡。

乡愁是唱给远方的歌

（结语）

好男走四方，
爸爸咬牙轻松说。
儿走剜心肉，
妈妈转身泪如脱。

穿山雾，
涉江河，
忍不回头，
一心赴新托。

赴新托，
已新托，
乡愁阵阵夜夜歌。

花已败，
院残破，
忽闻爸妈化山阿。

化山阿呀花似颜，

朵朵映童年，
叶叶往事说。

映童年，
往事说。
为把艰辛品，
更掬真情慰心窝，
无意向退缩。

穿山雾，
涉江河，
一心赴新托，
总把血脉长流连，
曲曲乡愁，
唱给远方未来的歌。

故乡拾碎

生长之地是故乡，所以我们这辈人都是把当年的721矿认作故乡的。既是故乡，就断不了思乡之情、回乡之举。2015年10月，一帮分散在全国各地的游子们，借着"篮球聚首"的名义齐聚故乡，共同追忆似水年华。

江西省乐安县相山脚下的这片故土，我已重走多次了，但世事的变迁、岁月的冲刷，故乡的面貌日益模糊，故乡的记忆也日益碎片，无法完整成像了。牵手故乡，故乡却像一片片快速流散的云彩，似要化出我的视线，捕捉不住了！失去的恐慌催促我要赶紧捡拾一些记忆，哪怕是碎片。

封　冻

眼前铁栅栏隔着的建筑是矿部古城区的"洗澡堂"，计划经济时期，这是解决全体居民洗浴之需的重要民生设施；那个时候，洗澡堂的功能可不只是洗浴，它还是重要的社交场所，你想呀，每到傍晚，男男女女，老老少少，腰挎脸盆，手提水桶，像赶集一样，从四面八方会聚过来，集合到澡堂前的窄路上，集合到澡堂内的换衣处，集合到喷着水花的喷头下，集合到腾着热气的浴池里，大家相互问候，言说家长里短，发布大事小情，水声鼎沸，人声鼎沸，简直是热闹、欢愉的"澡堂 party"。

洗澡堂还是少男少女眉目传情的最佳场所，既然是大家的必去之地，也就成了"路遇心中人"的最佳场所。澡堂的格局也为多情人搭建了平台，一墙分隔，导引男女先照面，后分流，像在照相馆照相似的，第一张照片一般匆匆而过，从澡堂出来的第二张就多了风情，热水蒸腾了情怀，少男面焕红光，少女长发飘香，眼神也灵动起来，目光相遇，一个微笑，一阵心跳，一抹红晕，再怦然心跳地各自走开，却不知对方是否有意。想起来好笑，记得我有一个玩伴，一天澡堂归来，很认真地对我说，"她看了我一眼，还笑了笑"，接着很认真地分析道："我刚洗过澡，脸红红的……"玩伴的意思是，自己那一刻比较帅。我听着也觉着有故事，而后来证明没故事。

没有澡堂生活的人无法相信，澡堂还是许多孩子的生理知识启蒙课堂。到澡堂洗澡在那个时代也是高消费，虽然洗澡票的面值不高，许多还是配发的，但家里没有洗浴条件呀，加上小孩可免票进入，于是大人们，特别是护犊的母亲们便不失机会地携幼而入，并无性别之忌。记得我就在母亲的带领下进过一次女澡堂，当然也就看到了水雾中的异性躯体。现在回忆以来心生一种敬佩和羡慕，不是因为异性的躯体，而是母亲、姐姐们的欢笑和坦然。简单是多么的可贵和美好！

但现在多情和欢快的澡堂被关在了铁门里，像囚禁，像封冻，见证了美好岁月的洗澡堂，像一位老者的破损的雕像。消散了，人群、水声、欢笑声。

覆　盖

妹妹还在矿里工作，在她的高调推荐下，我们到古城大街一间米粉店吃早餐，米粉的味道与妹妹的高调并不相合。觉着身后有什么在招呼我，扭头巡视，目光瞬间定格在一块灰色的门楣上——"书店，新华书店！"

被两幢高楼夹持着的这间一层建筑是当年唯一的书店，至少已有40年的历史，它是矿部古城的文化标志，在我的心里，它是一个特别生动的建筑，有着极大的吸引力。我是高中毕业的第二年才知道知识的重要，才感受到书本的芳香的，这一年是1977年，高考恢复，国家步入建设大道，这样看来，我虽然觉悟得晚，却也与祖国同醒、同幸了。

记得1976年10月的一天，我们一群知青，被一阵热闹的锣鼓和一种逃离的喜悦推拥着，上了一辆有雨篷的汽车，一路颠簸、起伏，眩晕呕吐中落地乐安县一处大山中的知青点，几个月的无忧嬉戏后渐渐觉着心里无着落，恰在这个时候传来了恢复高考的消息，接着父亲托人捎来了注满手迹的复习书籍，没有思考，也没有过渡，似有魔力吸引，我便一头扎进知识的海洋，直至以后的几十年。

爱上读书，自然爱上书店，无论是回城探亲，还是回城工作，不到这间书店看看，不闻闻充盈书店的书香，心里是会发慌的；每次走进书店，都有怦然心动的感觉，每次选购书籍，都怀有掠夺之心，我不知道现在的年轻人走进书店是否也与那时的我。

别后三十年，我站在它的门前，仰首寻望，书店已一分为二，左面一间成了"某某合作营业厅"，铁门关闭着，右面一间，门楣上的"新华"已被营业厅的招牌覆盖，"书店"还隐约可见，但刮痕显露，如道道泪迹。以为还是书店，便庄重地走入，一股化妆品的刺鼻气味伴着一位年轻的女子向我迎来，当年如情人的书店已经换成"美之源化妆品店"了！"为什么不挂招牌呢？"我有一种被欺骗的感觉。"挂了，掉了……"女子可能看我对化妆品无意，冷冷答道。

发现书店的喜悦瞬间被浇灭，失落如山间的云雾股股袭来。拨云环视，商铺鳞次栉比，唯独没有书店的位置。书店被化妆品店替换，虽是一种巧合，却很有意味，常规性的经营品种改变，引发我对物质与精神，外在与内在的价值思考。我虽然古旧和愚钝，但也懂得物质在人类生存和发展中的基础性地位，然而在物质的社会森林中，强势到没有精神之树的程度，无论如何都是浅薄和悲情的。

故乡的书店已被覆盖，知识的情缘只能寄存于心怀……

空　寂

　　鬼城是可怕的，但旺盛人烟熄灭后的空城催生伤怀。

　　这次重回故乡，满眼反差，满心伤叹。所谓触景生情，睹物思人，每一处铭刻我乡情、青春的故迹都以残破之衣伫立，都以失神之眼相对。

　　眼前的建筑是云际矿区的电影院，搜索记忆，它的出现是在我调离矿山以后，但即便是"年轻的故迹"也人去楼空，一副衰败之相了。更刺激我伤怀的是肆意攀爬在它身体上的藤蔓，竟然让我想起杜甫的那首《春望》中的诗句来，"国破山河在，城春草木深"，因国之破败，才有草之旺盛呀。杜甫伤感的是国家的破败，我伤感的是故乡的残衰，境界有异，痛感皆真。

　　自从有了微信，就产生了各种各样的群，我发现，721矿的许多群，除了相同的晒食物、晒"鸡汤"以外，还多了一种内容，那就是交流故乡情。我想，这恐怕是拜故乡残破所赐吧，母亲体衰，儿女更是挂念。前一段时间，我请仍在母校古城中学工作的同学发一张高中教学楼的照片来，很快，微信里出现了一张只剩下窗框的建筑，附言，"三楼最靠右是我们的教室"，照片中的境况，十年前同学聚会时到实地看到过，我不甘心，请求照一张教室的，同学理解我心，专门照了几张发来，清晰的记忆轰然间崩散又执拗地串联，斑驳的黑板、支离破碎的桌椅横尸一地！我的前桌男同学呢？我的后桌女同学呢？那伴着音乐、整齐摆动的广播操队伍呢？那弥散着浴后发香的晚自习呢？那……

据长辈说，至20世纪70年代，矿山已有八个生产区，八个生活区，职工、家属等，恐有六万余众，方圆百里的大型国企，机车轰鸣，人头攒动，生机勃勃，90年代初，随着国家工业转型，从转产进而破产，人流如电影蒙太奇般瞬间流散，留下空寂处处。健在的，国家统一安排到城市社区居住；亡故的也专门在矿区附近辟出一块墓地。随着人员越来越多到外地工作和定居，墓地已乏有管理，据说已经香火稀微、杂草乱生了。

空寂，空洞而寂静……

姿　态

驱车一个多钟头，到达原721矿招待所，现在的已被私人承包的"金安宾馆"。放下行李，双脚就像被一种命令驱使，向大门走去，迎面所见的硕大建筑是从前的矿山总部办公大楼。当年这可是了不得的所在，它是大型国企的行政中心，是721矿的"中南海"。办公大楼是一个建筑群，大楼的后面还有会议厅、食堂、车库、花园等附属设施，平日里小车接踵，要人匆匆，政务繁忙，为闲人禁入之地。现在矿办大楼以已换了招牌，变为"中核抚州金安铀业有限公司"，显得衣大身小了，更令人唏嘘的是大门前的空地，竟然成了村民的晒谷场，从两位村民晒耙稻谷的自然神情可以知道，在此摊晒稻谷已是平常之事。721矿的"中南海"早已放下了强势的姿态，"飞入寻常百姓家"了。

矿山的势微是弥漫性、全方位的，与矿办大楼直线对应的招

光阴拾碎

待所原来属于政府性质的宾馆，转为私人宾馆后装修一新，主楼前还立了一个雕塑，基座上刻有"无限生机"四个烫金大字，但那生机恐已成了经营者或终要成为地方政府的了。不知是什么原因，进入宾馆的甬道前端，从前的传达室还留在原地，但形容已经破败，窗户的玻璃不翼而飞，大门已经无了踪影，留下几个奄奄一息的空洞，门柱上白色大理石的门牌上，"721矿招待所"几个字依稀可辨，提醒着往日的庄严。传达室两侧已辟为村民的菜地，被竹篱大胆地围着，各种菜蔬绿意葱葱，确显"无限生机"。

到生活区走走，职工的居所基本还在，但房前屋后横生出各种簇新的独栋建筑，高大、张扬，这些都是村民的民居，夹杂在职工的老旧居所间，如身高肉横的拳击手。恕我狭隘，看到这种情形，确感一种被"登堂入室"的寒意。

矿山的式微和地方的强势更深刻地反映在精神和心理上，此与经济实力的变化直接相关。"现在的老俵可惹不起"，前些年听矿子弟这样说，我无法相信，现在我是确信了。都敢在矿办大楼前晒稻谷了，老俵们确实是"站起来了"，到大街上去走走，鳞次栉比的商店是地方的，银行是地方的，学校是地方的，医院是地方的，居民区实际也是地方的，经济实力的增强，必然带来精神、心理的优势，此中外人类皆同。我的记忆的硬盘里存着地方村民的两种眼神，一种是青少年时期的，那时的矿山，职工、干部们经过严格筛选，从城市、部队、大专院校云集荒僻贫瘠的大山，这对连火车都鲜有感受的村民，无异于看到了天外来客，那时他们的眼神是惊然、进而羡然的；另一种是现在的，出现在他们眼前的矿山人已多数是退休的老人、半工状态的职工，以及纳入地方的人员。大众已经成为小众，主角已经变为配角，这时他们的眼神是直视或淡然的。

贫穷、落后和自卑的村民昂起了头颅，这是一种公平和进步，应是我们希望的；仍然生活、工作在故乡的矿山人恢复往日的优越和自信也是我们期望的。

奔 跑

二哥是 721 矿的名人，尤其在矿子弟群体中，二哥也是拥有众多粉丝的大咖。

名声缘起于跑步。说起来蹊跷有趣，二哥跑步最初是为了治拉肚子，后来拉肚子停止了，跑步却一发不可收拾，且堪称疯狂，村民路遇，就有"疯子"的感叹。

跑步已跑得惊天动地。晴天跑，雨天跑，白天跑，夜晚跑，绑着沙袋跑，打着雨伞跑，性子起来了，还跟着汽车跑。据粉丝兴致勃勃地描绘，一日，几个壮小伙抬杠逗趣，"我们骑车，你跑，跑不？"于是跑。几十公里的路程，过桥，翻山，平路，陡坡，结果二哥到终点，几个骑车小伙气喘吁吁而来。还有疯狂的，某日天降大雪，大到山间的毛竹压弯了腰，大到出山的道路停了车，二哥穿上高筒雨鞋照样跑，山路上后来出现异象，一个白发白眉白腿的老者，口中吐着白汽，奔跑着，身后留下长长的脚印！

光 阴 拾 碎

  跑步已跑得意外连连。跑到了县赛，跑到了区赛，跑到了省赛；跑出了矿井，跑进了学校；跑到了专科，跑到了本科，跑上了重点中学的高级教师。

  二哥的不停奔跑，让我想起美国电影《阿甘正传》中的阿甘来。阿甘是一个有点智力缺陷的儿童，他从小到大都在奔跑。小时候为了躲避其他孩子的欺负而奔跑，后来因为跑得快而进了大学橄榄球队，再后来跑进了全美明星赛，受到美国总统接见。再后来到了越南战场，在硝烟烈火中跑着救出了战友，然后被授予荣誉勋章。最震撼人心的是恋人珍妮离开后的奔跑，他跑了整整三年两个月十四天又十六个小时，跑得面容粗黑，胡须疯长，穿越了整个美国大陆。阿甘的奔跑喻示着一种人生精神。

  二哥就是矿山的阿甘。今天，二哥又回到了故乡，回到了矿区，回到了当年奔跑的出发地，年近六十的他仍以奔跑作为回乡纪念，纪念艰苦，纪念青春，纪念奋斗。

  矿山有许多条弯曲、起伏的道路，数十年来，有多少矿山后代，在父辈开辟山路，不畏艰阻的精神激励下，执着地奔跑，并跑出了骨气，跑出了骄傲啊！

复 制

  作为安置措施，721矿的干部、职工多数搬迁到江西的三个城市定居，三个小区已成为矿山人的新家园，其中位于抚州的金安小区是人数最多、规模最大的一个。

金安小区是故乡的纪念和复制，体现在小区的元素上，127栋建筑，倒过来就是"721"，小区的蓝底白字的路牌也唱着思乡的歌曲，"沙洲路""古城路""云际路"。原来的矿区是没有路牌的，认路大多以建筑标志参照，例如，"去医院那条路"，"二厂大下坡"，现在好了，古城片区也有了，也是蓝底白字，例如"镇政府""平安路""学府路"，但高兴之余又生出些许的失落——地方政府已经在矿部中心设置路牌了，全面接管已纳入规划，并进入实施……

　　故乡已成故迹，小区是替代的故乡，这里有故乡的元素，更有故乡的亲人。所以，这次的篮球聚首活动选在了金安小区。

　　小区的领导来致辞了，"欢迎矿子弟回家，你们在各地的精彩是我们的骄傲"，完全是故乡主人的站位；大红的横幅拉起来了，"祝原721矿篮球元老精英聚首赛圆满成功"，一个"原"字，无意间传达着一个怅惘的信息——"故乡721往矣！"广场舞大妈和大叔来助兴了，锣鼓舞，扇子舞，还有随着"跑马溜溜"乐曲、堪称专业的藏族舞，整个球场，整个小区，一片欢腾，据说赛过春节。可我总是难以完全兴奋起来，或许是启程回乡就带着怅惘的缘故，或许是父母已经不能再现的缘故，或许是在小区路上坐着轮椅的老人向我打招呼，喊出我名字的缘故，或许是时兴的广场舞不是记忆里的场景的缘故……

　　回忆是情感之需，回忆是生存之需，复制就是回忆！灯光球场，观众如栅，呼声起伏，这是当年矿山熟悉的场景。从前的裁判托着球走到球场中央，准备跳球，忽觉肩膀热乎乎的，原来是对方队员的手，这不像是比赛，真的比赛是要顶住我的腰眼不让我转身的，这是在表达亲情，这是在回味过往，这是在回馈乡亲啊。哨起，球出，奔跑，传切，力已不从心，感觉全恢复。"好球！""哎呀——""这是老张家的老二""不是，是老三！"多么熟悉的球场，多么熟悉的灯光，多么熟悉的观众！我模糊地看到了吃完晚饭，拎着木凳去球场占位子的观众；我模糊地看到了古城学校在人群中拉起的横幅；我模糊地看到了父亲的面庞，背着手，站在观众的后排，眼里含着宽慰的笑意……

复制的球赛终要结束，但我们都会将乡情、亲情永远地复制下去。

往事（世）

从故乡回到新生活地的第二天，收到大哥传来的一张照片，立刻被深深震撼了。照片是活动结束的第二天照的，似乎天亦有情，下了一场雨，大红的横幅还挂着，横幅下一个幼儿坐在推车里，头转向身后，神情茫然，球场空荡安静。

大哥的外孙女，已经是721矿的第四代了，她不明白前些日子小区发生了什么，只是觉着家里突然来了许多人，感到不舒服，总哭，当然更不知道姥爷为何把她推到横幅下去照相，但我是知道的。别说才一岁多的幼儿不明就里，就是第三代的青年对长辈的生活和情感也是隔着厚幕，模糊而好奇的，但长辈的艰苦、鲜活，矿山的坚韧、辉煌是不应断流，化于青草红土的，我们要不断地向后代讲述矿山的历史，抒发故乡的情怀。尽管历史对未曾亲历者永远是抽象的，但历史中承载着矿山人的精神，精神不能忘记。

"家在乐安相山下"，我想到了这样一个标题，以摇篮曲的风格写下，希望让我们的孩子听着这首多情的歌曲慢慢长大，并传唱：

家在乐安相山下

孩子啊，你的家在乐安相山下，
那里有连绵起伏的高山翠竹，
还有漫山遍野的映山红花。

林中的飞鸟扑扇起翅膀，
那是队伍勘探群山中的宝藏，
你的爷爷走在青年的正中央。

夹片咸菜配口干粮，
挥汗如雨破那洪荒；
钻竖井，拓平巷，
曲背如弓掘希望；
炮声隆，震天响，
公路如练，机车穿梭运矿忙。

光阴拾碎

孩子啊，你知道地上有青青稻粮田，
可晓得地下还有金铀矿？
你觉着天高地阔昂首行，
可知道前辈燃烧生命强国光？

孩子啊，你要记得家在相山下，
那里有你爷爷化作群山的忠骨，
那里有你爸妈如花的大好年华，
还有白沙映衬的公溪河水
流淌悠长……

留下那份纯真

过往的片段纷纷挤到了记忆的窗口，像扎堆看热闹的孩童的脸，又像是飘过的各样的云……

一

尽管选择教师作为职业是被动的，那个年代如果可以选择，他可能会选择穿上工作服，到飘着机油香的热闹的工厂里去，因为工人代表着能量、身份和风光。但无论怎样，就业终归是件喜庆和神圣的事，周身的血管都在暗示和鼓动着他，得全心去做好。

他工作的学校是自己的母校，学生时代曾见过新老师准备公开课的情景，长长的楼道，昏黄的灯影，他们手捧案夹，走走停停，念念有词，眉目里传递着圣洁的情怀和对未来的憧憬。这样纯真的画面在他心里给教师这份职业上了底色，这是一份需要以虔诚的态度去对待的工作。

教师这职业似乎就是"两个面对"：面对学生，面对书本。

光 阴 拾 碎

至少那个年代他是这样做教师的。于是在日常工作时，活动线路多在办公室和教室之间来回，工作之余，则大多沉在了书本里。那种对书本的珍视啊，现在想来都有些感人，到了冬季的晴日或久雨后的放晴，他都会将满架的书一摞摞地搬到室外晾晒，也常常面对着"书摊"做出一副"富贵满盈"的样子。待将书一摞摞地搬回，接着上架、码齐，便进行再一次的欣赏。

面对学生则主要是授课。课怎样上，从田园到校园，没有人教他，只想当然地理解为"让学生知道课文的好"，于是便花精力去发现课文的好。那时的读书备课，有些神圣到神秘的地步了，竟要"坚壁清野"，排除一切干扰。常常是关闭门窗，正襟危坐，数小时后规整书笔于桌案一角，才起身长吁，推窗换气，就差没焚香净手了。

课文读好了，也就知道讲什么了。工作不久后，他迎来了自己的第一堂公开课，讲的是朱自清的散文《绿》。课是怎么讲的已经完全忘记，只记得前几日发了疯似的投入和感受，又发了疯似的自演模拟，然后便是向学生们动情地描绘。学生们兴奋得涨红了脸，教室后面听课的老师和领导也都面露喜色。总之这堂入职的见面课上得不错，好印象也就这样建立起来了，以至破天荒地获得了去省城高校学习的机会。

大约是十几年以后，在新的工作单位他又迎来了一次公开课，这回不是接受入职考核，而是参加市级的教坛新秀的评选。这回倒是比十年前自觉了，知道讲课实际是"导读"，要让学生能动的参与，不能"感情用事"，但备课时的疯狂和热情依旧。多年过去了，他仍会在心里津津乐道。课题是鲁迅的《阿Q正传》，为了深入理解和设计教学，他竟然自写了一篇几千字的关于课文的论文。这样高成本的备课，自然也换来了教学的好评，得了一个区级教坛新秀的本本。据评委负责人说，如果不是少了一个市先进的称号，这市级的教坛新秀也是非他莫属的。

但那时的他并不知评选的附加条件，只是单纯地疯狂投入，靠的是工作的惯性和对深情体验的向往。这段经历被他珍藏在记忆里，许多年后，他都会向年轻教师传达这样的体会：教师生涯中，一定要有那么几年"近乎癫狂"的事业痴迷，这将受用终身。

二

年轻时的他无疑是热情而浪漫的文艺青年。

临调离的前一年，因为不能久用，他接手了一个"后进班"，在应试教育的环境里，就是那种成绩不好，实际也不被"待见"的班级。高考前，被刷下来的学生组成了一个新的班级，冲锋前却被告知靠边稍息，学生们自是心态卑怯的。作为班主任的他，悲悯之情如烈火焚身，以致到了夜不能寐的程度。

时过境迁，几十年后，他依然可以清晰地看到当年的那个自己，仰面朝天，躺在床上，眼前出现一张张学生的面孔。不安中他起身出屋，站在房头的土坡上。那是一个炎热的深夜，天穹繁星密布，大大小小的星星或明或暗地闪耀着，像在争着表现自己。他忽然热血澎湃，折回屋内，展开稿纸，抖着手写了起来——《望星空》，这题目在他折回的路上就跳进脑海了。

他要借诗激情，以情壮志，振学生于卑怯。诗写了很长，是一首集体朗诵诗，全校朗诵比赛竟用时数分钟之久。现在是没有这样的文思和胆量了。三十多年过去了，诗句已然模糊，只大致记得有"大星小星都是星，大星小星都光明"两句，应是诗的核心了。

他清楚地记得大礼堂诗朗诵时的情形。前期排练酝酿起的感情到这时达到了沸点。大家都化了妆，油光满面地站在舞台的中央，那个黑肤小眼的男生和那个平日里狠狠的女生站在队列前，做了领诵。学生们在《望星空》的旋律中开始了他们的演出，朗诵到中途，眼泪就从领诵的男生的眼里汩汩地流出了，接着就传染了整个的队伍，演出已不是演出，而是宣泄和升华了。台下的他与学生们同走了这一段心路历程，内心也得到激荡和净化。

那次演出后，班级的风貌发生了明显的变化，但他的调离给这燃起的热火泼了冷水。离开不久，大眼睛的班长寄来了学生的照片，写着各样的感言和誓语，是专门寄给他看的，其中就有那个领诵的女生，穿了一件时髦的衣服，好像还写了努力考学之类的话。

如今算起来，这些学生也已有五十岁左右了吧……

三

20世纪90年代初,他做了一个高三文科班的班主任。情怀的故事也因此续写开来。

校园从来都不是安静之地,这回是班里的男生与社会青年对立上了。当时正值学校运动会,他明显地感觉到几个男生脸色灰青,心思也不在田径场内。原因好像是社会青年言辞不敬,也可能就是相互看不顺眼,总之对立即将演变成一场决斗。

做教师的,只要将感情给了学生,便会产生老牛护犊之勇,特别是做了班主任之后,这倒是从另一面证明了"一日为师,终身为父"的言出有据。他一个单纯的书生,为了避免学生遭险,竟然想出了宴酒消恩仇的方法。在校园边上的一间小店备下一桌酒菜,还把另一伙有说话分量的"老大"请了出来,在酒桌上他学着电影里看来的江湖样,竟然得到了"老大"的表态,将事态给平息了下去。

这是他在学生里立威扬名的一件事,于是,后来说话的音量好像更高了些,效果也更好了些。

爱生如子,一点也不夸张,尽管那时他还没做父亲,却把全部的心思都给了学生。"一家之长"的地位也确实确立了起来,而且档次不低,大概是属于那种偶像型的家长。课上课下与学生交流,总是接到些专注欣赏的目光。这样的待遇和日子久了,竟将他拖进难舍难分的感情里。

那个场景他几十年后都忘不了,学生纷纷地拿着精美的笔记本找他题写毕业留言，他则极真诚地炼句修辞，都是些刻意激昂的诗样话语。

学生们拿着笔记本走了，他心里忽然产生了一种空落、慌乱的感觉。放学以后，他刻意地再走进那间熟悉的教室。课桌前的熟悉面孔一下子都被删去了！他独立在讲台前，目光横横竖竖在课桌间搜寻，还能辨出某排某座某生的脸，但转瞬即逝又空然。

他站立了很久，离开时既伤感又满足。现在想起，则全是羡慕，好像这是他人的经历了。

四

他这一生只做了一种职业，在学校里做教师。四十年了，他仿佛始终在一条高速公路上驾车，导航仪里跳出迅速减少的公里数，收费站的轮廓也可以看到了。但路过的景物总是不断地浮现到眼前来。

他对这段漫长的驾程有一种欲罢不能的心情，他急于停止，去过一种不再牵挂和可以任性的日子，但想到突然间就要成为熟悉的人事的无关者，又有了点紧张和不舍。

他的眼前又出现了那间温馨而暗淡的西式地下室，这是他过五十岁生日的地方，那是海岛上的一栋民宿，先前由洋人盖下，后来住过民国时期的一位名人。楼下一层是厨房和餐厅，另一边则开辟出几个上网用的隔间。夜幕降临，柔光笼罩，但做寿的酒食用得心神不宁。那时他已经循了"教而优则仕"的行道，扮演了一所学校的家长,偏偏遇到了世界性的金融危机,于是他担心起了学生家庭的稳定。

他将妻儿晾在一边,走入上网的隔间,对着电脑,给家长写起信来:工作不易,育儿也不易,要考虑孩子的长远,最好不轻易地迁徙……觉着还不够,又换了称呼,再给学生写了一封,希望念顾父母之难、好好学习、分担家事等,写好后发到学校网站,他才回了房间。如今,这两封信依然在学校的网页上。

信虽这样写,他自己却总是迁徙。工作了二十年的学校,一声电话就调走了。学校正在申报省一级学校,材料是他负责组织的,高高地排满了会议室的椭圆形会议桌,评估组就要到了,怎么放得下呢?那时他已经到新校报到,夜里却又独自坐在会议室的材料前逐一地检查起来。半夜十分,他将记录着问题和建议的纸张塞进校长办公室的门缝,走下楼来,回头看了一眼黑暗中的大楼,悄然离去。

他想起了初当教师的时候听到的一个故事,一个业余的画家,平常的日子总是过得粗枝大叶,然而一旦进入作画,就特别细致起来,铺纸调墨,净手提笔,沉入画境,神圣和纯真弥漫周身!

经历和积累了无数的人事之后,他觉得纯真或许才是最后的财富,也是最为珍贵的。然而纯真又是最为脆弱的,因为纯真总会被世俗教诲和批驳,将它等同于天真,甚至愚钝和呆傻。纯真之人也极容易在"务实"之类的铁证压迫下动摇或放弃。但他仍然认为纯真是最为珍贵和美丽的,值得人们去肯定和坚持,因为在多数人的心里，纯真仍然是仰慕的明月、心仪的春花、回首的激荡。

当行为听命于纯真，当情怀背对于功利，当思想清空了"精致"，是最可能成就大事的境界，职业和人生也是最为享受和美丽的时候。虽然生活没有赐予人们保持完全纯真的土壤，却也没有剥夺人们对纯真的有限追求和无限向往。人至晚年，有过往的经历可供自己陶醉，无论于现实还是未来，都是有益的，我选择陶醉在纯真里，并坚持将纯真作为自己的价值观……

他提醒自己终止纷涌而至的回忆和沉想，决定留下一份职业的纯真，在退休的日子里慢慢品咂，以滋养崭新的生活。

陪伴，其实有许多的滋味

下面的故事，难道只是一个家庭的经历？重要的是，人的回忆里不能少了伴儿成长这一段，何况，陪伴还将继续。

无法拒绝的礼物

客厅里，我和妻子握紧了拳头，不是要爆发家庭战争，而是要做出一个重大的生活决定——是否结束"丁克"生活。紧握的拳头缓缓张开，变成手掌，掌心印出两个字："是""否"。不存在少数服从多数的可能，妻子选择了生下孩子，我随妻意，准备做父亲。十个月的担心，十个月的想象，十个月的期盼，女儿露露来到我们的生活中，"成长"便成为我们家庭的主题，喜怒忧思，已经二十二个春秋。

无须记忆的血缘

露露降生时，我们正处于事业的兴奋期和繁忙期，事业大于家庭，工作先于生活的观念，以及长期二人世界一时改变的不适应，在露露两岁多的时候，我们决定安排她随阿姨到外省去生活一段时间。

儿行千里母牵挂，何况是初为人母，何况孩子还是幼儿。三个多月的分别，三个多月的想念，在春节将到的时候，我们迫不及待地向孩子奔去。

那是一个大雪纷飞的夜晚，雪大到让人呼吸都困难，天气似乎在呼应着思念者的心情。

看到了，在二妹灯光明亮的家里，露露穿了一身厚实簇新的衣服。"来，握握手！"妻子不知为什么以这种方式与孩子"重新连线"，像对一个失散多年的孤儿。露露竟然无言而不动，眼里透出羞涩，但片刻间便扑到妈妈的怀里，母女相拥，热泪洗面，视满屋的亲人于无。以后的几天，到各家去走亲戚，她都像一个连体的人一样，紧紧地黏着妻子，百般忸怩，千般高傲，万般幸福。

对孩子的表现，我们是有感悟的，首先是知道了血缘的神奇和伟大，此外也认识到父母与儿女共同生活对孩子成长的重要，寄居，哪怕是亲人身边，哪怕是得到最特殊的厚待，仍然无法避免外人的感受。我们以为这样的思维是清醒、准确的，以至爱己及人，不想独用，热心地劝说其他的人要尽力避免。

但二十年后与女儿的一次对话，让我吃惊了。"你记得这件事吗？""记得，包括其他。""为什么开始不说话，后又与妈妈寸步不离？""用现在的话讲，就是显摆，也就是要引起关注。""想家吗？""不想。""为什么？""同阿姨一起回去的，阿姨家也跟家一样……"（露露三个月大时，阿姨就带她了）

天哪，情况完全与大人理解的不同！

自孩子两岁开始，我们就在以成年人的思维认识孩子，我们一开始就不是全懂自己的孩子，如果不是二十年后的这一次偶然的对话，可能我们还将长久地陷于过去，并自以为是的沾沾自喜，持续地坚持我们以为正确的教育。

初尝心思的纠结

最让我们骄傲的一件事情是孩子幼儿园毕业时的表现，滑稽的是，骄傲的标准是"成熟"。

三年幼儿园生活结束，不解的是为什么所有的幼儿园都要办一场隆重的毕业演出，此时全体家长都被邀请，一同见证三年的成长和教育的效果。表演文艺节目与成长和教育的效果存在正向的证明关系吗？但那时我们是没有想过这个问题的，想必多数家长也没有，倒都是欣欣然而赴邀，烈烈然而拍手，最后喜喜然而回家，准备送孩子踏上充满希望的小学平台。人们总是这样从众，将多数存在的做法当作理所当然的事情，像排队购物的人流，机械地挪动脚步，而将思考的门关上。

光阴拾碎

　　大厅里灯火辉煌，人头攒动，老师们神情亢奋，奔波忙碌，孩子们穿着艳丽的服装，画着浓烈的眉脸，排队准备进场。所有家长的目光都在追逐着自己的孩子，孩子们也都用目光接受着亲人的目光，区别只在短暂的几瞬。

　　露露排在队伍的前头，面部的肌肉有些僵硬，但又数次现出微笑，像我们都熟悉的孩子在大人面前集体展示时的笑，让我也顿生紧张。她笔直看着前面，不时微侧身体，用手拍拍身后一位躁动的男生，然后回正，目视前方。

　　节目很丰富，记得一段刚劲欢快的舞蹈，加上一幕关于环保的小剧后，全体孩子齐齐地站到场中间，园长笑眯眯地要上前致辞，这时露露的嘴角突然下拉，眼眶一红，泪水哗哗地流了下来，她站在前排，面向家长，但好像传出了信号，孩子的哭声渐渐地弥漫开来，引得家长也跟着眼眶发红。

　　孩子们呜呜的哭声，和着园长妈妈激情的致辞，毕业典礼圆满地结束了，可我们夫妻好多年后还在感叹孩子的成熟——如此早就能率先产生感恩、留恋之情，真是庆幸和欣慰！但孩子成年后对这段经历的表述却狠狠敲了我们一棒：

　　"自卑，紧张，引关注，这就是幼儿园生活留给我的记忆"。据孩子的回忆，那时已经萌生了自我意识，知道谁长得漂亮和有钱；怕老师，一次老师发了一个鸡蛋，不想吃，又不敢带回家，便塞在午休的床脚，第二天上学，还在那里，庆幸没被老师发现；演出后流泪是出于一种本能，现在分析，主要还是为了引起关注……

"天哪",我不得不再一次发出这样的惊呼,随即问题便一连串的冲出来——自卑?几岁的孩子就懂得自卑?胎里卑吗?是谁影响的?父母,还是老师?家庭,还是幼儿园?天真单纯的孩子哪来这许多的复杂和纠结?我无法回答,但有两点可以明确:一是社会世故具有超乎想象的强大穿透力和生命力,当引起我们,特别是父母和教育者的格外警惕;二是不要习惯性的用成年人的标准去揣度、衡量、评价和要求孩子,否则你可能会在自以为是的臆想和"诚心可鉴"的努力中,将孩子引向错路,而你还浑然不知。

说起成年人思维,还想起露露上幼儿园的一个插曲:1999年发生波黑战争,5月8日或9日,孩子放学一进家门就惊诧地报告:"农斯拉夫中国大水管被炸了耶!"她说的是北约飞机轰炸我驻南斯拉夫大使馆的事情。显然,幼儿园的老师刚刚向孩子们说了此事,而且一定说得更具体和详细,经询问,园里开大会,是"园长妈妈讲的"。我们也惊诧且无奈了,如此国际上的大事,有必要向还是幼儿的孩子说吗?说得清吗?听得懂吗?但还是说了,而且是郑重其事地说了。可见园长心理没有幼儿,或者不知道怎样进行爱国教育。用文艺演出的形式做教育回报同此。

其实,类似的例子,在我们的教育中,有很多。

光阴拾碎

"名利场"中的错步

"小嘛小儿郎,背着那书包上学堂",孩子终于"上学"了。入学,对每一个家庭都是值得庆贺的喜事,我们的家庭也不例外,但很快我们便从孩子的眼睛里看到了慌乱,从孩子的行走中发现了错步。

这是一所被人们追捧的小学,一所高声誉的名校。在招生公平要求还不是很规范的时期,学生的来源十分的复杂,简单地说,不少学生的家庭有"路子",家庭条件好,学前准备也就充足,许多孩子在入学前就接受过长期的文化和特长"早教",于是形成了同学间经济条件、文化基础的高端化和差异化。这种情况,既给学校教育带来难度,也给学生成长造成了困难。这些问题在露露身上突出地反映出来了。

首先是学习。露露上学不久就无辜地感觉到强手如云,不仅是功课,更有容易凸显和得到赞赏的技能特长。从幼儿园带来的仅存的一点优越感很快便被冲击得渺无踪迹,自卑便迅速地被放大。

刺激是具体的。为突出特色,也为升学,学校设置了英语分层班,A、B、C三层,实行流动式管理,依据是考试排名,C层最优,连教室也是最好的,明晃晃地告诉全体学生,包括他们的家长,这是水平、是目标、是希望。我们和孩子也一道对此目标向往,向此目标攀登。孩子在两进两出的过程中,信心被拷打得枝萎叶落。

人都有本能的心理替代功能，其规律是"此不足而用它补"。露露的表现是开始注重打扮起来。这符合女孩子的特点，深入分析，这是一种文化的提醒和惯性；如果是男孩子，则可能出现结帮、逗凶等的举动。露露在镜子前面停留的时间变得长久，每天将穿什么衣服看得很重，迟到也因此多起来。未成年女生刻意装扮，往往是学习不如意的信号，作为经验，我常常提醒生女孩的同事和朋友，要从信心的树立上着力。

但替代不是都有力的，文化课是学生生活的主题词，特别是在升学应试的环境里，学习成绩始终是主旋律，其他终究难成市场，所以孩子要么掉头随流而跟进，改变学习状况，要么在心理替代上继续加码，露露一直在这两条路上慌乱而努力地挣扎，现在想来，对一个稚幼的儿童，真是艰难。

一天，妻子发现一件事情，几乎让她崩溃，放在零钱盒里的硬币没有了，"露露，是你拿的吗？""……是""买什么了？"孩子红着脸，嗫嚅道："买了一盒月饼，给班主任……"学生表达心意，送点东西给老师，本无须责怪，但交谈中知道，孩子的举动是受了同学"风气"的影响，且采取暗自偷送的行为。知儿莫如母，想到幼小的孩子被"存在"折磨的艰难，想到世俗尘泥对孩子纯净心灵的侵染，担心孩子信心的流失和成长脚步的错乱，怒火、悲羞、担忧、焦虑，混杂着涌上心头，化作激烈的斥责和泪水。孩子涨红着脸，也流泪，其实，她本知道此事的别扭，只是被一种强力推怂所致。

天真烂漫的童年，欢歌笑语的小学，这是被提纯了的生活，生活本来有灰尘，成长难免伴曲折。作为父母和教育者，应有现实的思考和准备。

"宁为鸡头，不做凤尾"，我们执着地对孩子这样说；"宁可自负，也绝不自卑"，在孩子长大后，我们继续说；"在一个随机的群体里，做到比上较有不足，比下很是有余"，我们进一步说，说给自己，说给同事与朋友。

于是，孩子安心地留在了B班，做起了骄傲的"鸡头"，即便已获得了晋级的资格，于是她得到了老师欣赏的目光，于是，她做起了英语课代表，于是，她有幸结识了英语老师——郑老师。孩子依然送礼，但已是出于深厚的师生情谊，直到考进高中名校，直到郑老师结婚，他们依然往来。

曲折、纠结的小学生活终于结束，成长的步伐开始显出力量，虽然还可见凌乱。

沉静中信心的萌生

"仰天大笑出门去，我辈岂是蓬蒿人"，距离中考已有六个年头，当年写在露露卧室墙壁上的李白诗句，深深地印刻在我们一家三口的脑海中。

"走吧"，"好"，女儿放下了所有的复习资料，只拿起一个装着文具的透明塑料袋，回头看了一眼墙壁上她涂上去的跳舞一样的诗句，轻松地与我下楼。驱车至距离考点数百米的地方，我们在一块绿草如茵的草坪边停下来，一起听车载音响里舒缓的乐曲，笑谈着与考试无关的事情。

女儿下车，我在她轻松的背影上停留了片刻，然后调转车身，赶去单位，直至两天的考试全部结束，才去接她。

自信终于在她身上占据了上风，但得来经历了许多的曲折，令我们难忘。

似乎"分离"与露露有天然的缘分，露露上初中的时候，又经历了一次"分离"，这次是一种身份的分离——借读。

借读就是到非学籍学校学习，通俗地讲，就是编外学生。孩子没有想到，编外的身份将给她带来更加强烈的冲击。

这是一所更加炙手可热、众相趋之的名校，学生经过严苛的英语综合水平筛选考试，从全市万里挑一，择优产生的，三年学业完成，大部分享有直升著名外国语高中的待遇，无须参加千军万马激烈厮杀的中考。

露露入学的第一天就遭遇了无情的身份提醒："借读生站起来"，班主任用程序性的口吻说道，"你们要自己去买练习本，学校没有给你们准备……"班主任或无歧视的想法，倒更可能是关心，以便借读生们也能顺利地进入学习。但孩子们听到的不仅仅是一个通知，声音传到孩子的耳朵里，心里的反应是不会相同的，我不在现场，也不是当事人，但我能感受到那反应，那是一种一紧、一松，一抑、一扬的反应，后一种是"正取生"，前一种是"借读生"。我的推想得到了印证，孩子上大学后，依然牢牢地记得，并数次感慨地说起。

学校是一所好学校，老师敬业，学生向上，校风高雅，但优越的逻辑是疏离，是身份的强化，在管理中，在水平上，更在人们的眼神和心里。正取生拥有天然的"出身"优越感，也有实际的优越理由，他们是从千军万马中挑选出来的，本有优越的资本，自然地，他们更乐意跟"嫡系"们交往，包括娱乐和学习。别小看这交往，它所形成的是校园的主流社交圈，是在无意却强力地宣告着地位。小众的借读生虽未必自觉地认识，却能切实地感知，特别是天生敏感的女生，哪怕他们不一定都是学习上的弱者——人世间所谓的自寻烦恼，根子上都不会是无来由的自寻，所以要自寻，是因为有烦恼产生的土壤和状况，可当时我们并没有认识到这一点，常责怪孩子的多事。

初中学习给孩子最大的冲击，是中考前几个月的分班，它也成了促进露露奋力比拼、并获得自信的机缘。

正取生自入学就开始考核，主要按照历次考试成绩确定直升高中的人选，除少数需参加中考外，大部分开始高中部分课程的学习，为将来做预备。于是，学校出现了"直升班"和"中考班"，借读生无论成绩好坏，都是中考班的当然人选。

"天哪，原来这样呀，太伤人了！我们在复习考试，他们从窗前走过，笑着看……"，中考分班那天，露露放学回家，一进门就大声地连发感慨。

这一天以后，露露发生了很大的变化。她突然变得笃定和沉静，在镜子前面的时间减少了，在书桌前面的时间增加了；在电视机前面的笑声变少了，在房间里面的读书声变多了。最突出的表现是我们要常常催促她吃饭，催促她睡觉。

"有戏！"我和妻子相视一笑，于是家庭被喜悦和轻松弥漫。

时间像滑冰一样，畅快地滑到了中考，于是有了我们父女在草坪边的一幕；于是，那所著名外国语高中的录取通知书寄到了我们的家中。

"为什么突然转变？信心怎么产生的？"后来，我们这样问她，她的叙述令我们豁然并默然：首先是分班的刺激和警醒，更重要的是目标一下子明确——参加中考；"优生"们不在身边了，她再一次感受到"鸡头"的骄傲，从成绩上，从老师的目光中。

肯定，真切可感的自我肯定，特别是他人的真切赏识，是可以激发出巨大的能量的。"泥鳅要捧，孩子要哄"，老百姓的话里装着大学理。

但我们为什么在孩子的就学上，没有坚持"鸡头凤尾理论"呢？难道仅仅是借读的学校有寄宿条件，可以为我们在繁忙的工作上腾出时间？还有"正统论""出身论"对孩子成长的负面影响实际是巨大的，但这后一点我们当时的估计是不足的。

人啊，脱俗难，保持思考的独立性和冷静性更难，在自己也罢，或者我们已经失去了成长的年华，但培育后代要我们努力修炼。毕竟，后辈还要成长，还有比功课成绩更为重要的东西。

体制外的教训

花儿的成长是一个摇摆的过程，从抽蕊，到含苞，到绽放，人的成长亦同，否则绝不是成长。

光阴拾碎

露露以"正统"的身份,昂首挺胸,步入恢宏、敞亮的校园,嬉笑着与初中原本就熟悉的新同学们交谈。但高一年第一次考试成绩出来,她异常地排在了末端,异常导致了老师的第一次家访。原来她不是放松了学习,而是放任了兴趣,放任的代表性地点在学校图书馆。

文学和历史是她的兴趣,特别是她遇到了一位出自名校,且对她欣赏的"神级别"历史老师,她便将主要的时间花在了"无选择"的兴趣领域上。午间休息时间是她无拘的畅快时光,她大量地、像模像样地读书,"都读什么书?""巴金、冰心、余秋雨、仓央嘉措……《明朝那些事儿》《三国志》《曹操》《纳兰词》……""怎么读?""站位子,帮助管理员整理图书,做读书笔记"。原来女儿忽视学科的均衡,犯了偏科冒进的大忌,脱离基础教育阶段"全面发展"的轨道了。

学科脱轨,在现行教育体制下是要得到后果的惩罚的,总分排名居后还只是一声提醒性的呵斥。

纠正,再一次地纠正。但难度已经小于过去。她开始正视理科的学习了,成绩曲线也呈现明显的上升。在文科依恋还在不时牵逗的某一时间,高中课程进入了文理分科阶段。

似乎是天设的巧合,初中的中考分班成了她幡然猛醒,大步前进的机缘,高中的文理分科像一双温暖的大手,解开了绑在她身上的绳索,放她到心仪的明月当空,历史长河。她日渐阳光起来,历史成绩第一,成为她争取的目标,总成绩也多次被老师投放到电子屏幕上,作为家长会"激励"后来者的材料。

变化依然可以从生活上表现出来，特别是进入保送考试准备阶段。就读学校拥有国家赋予的外语类保送生资格，准确地说，具有不参加高考，推荐到高校参加入学考试的资格。孩子在为获得保送资格和考试努力了，家庭也进入"结构调整"状态，妻子做出了专职照顾孩子生活的决定。于是有了可口的正餐，有了适时的夜餐，还有了课间隔着校园围墙递上的点心。

那是一个温馨又令人唏嘘的动人场景：下课铃响，女儿风尘仆仆地快步走向铁栅的围墙，母亲的目光迅速搜寻到孩子的身影，目光相接，两张面庞同时漾出笑容，简短对话，像是"接头"，接着便是孩子快速而幸福的咀嚼，旁边不时出现同样的一对，或几对。

孩子的面庞红润起来，穿戴和装扮却变得随意，头发在脑后简单地一束，穿起长而阔大的校服，单脚一点，骑上自行车，扭动着身体，向校园驶去，连接耳机的白线在耳畔跳动，听着喜欢的乐曲。

在初中就养成的自制学习计划的习惯仍在继续，并开始编制分类学习笔记，女儿称为"保送宝典"。晚自习回来还有学习安排，书房的灯光至少亮到凌晨1点，以致我们要给她"泼冷水"："可以了，学习是一生的，不错了！"

踏实、满足、愉快、单纯、心无旁骛、自信，这是孩子那段时间的心境，也是孩子给我们传递的印象。我们想，对学生来说，这已是幸福，且不论教育体制存在的刻板和钳制；对父母而言，则是一份值得欢庆的厚礼；扩及全部人生，如此心境和状态，不也是所有人的心之所向吗？

感谢孩子，感谢老师，也感谢我们自己。

考场外的闲话

送孩子参加保送考试是家庭的重大仪式。我们在上海外国语大学旁边的一家酒店住下来，准备第二天的考试。

2012年12月29日，一个令人印象很深刻的夜晚，孩子关闭房间窗帘时发现屋顶变成了朦胧的白色，"下雪了！"孩子惊呼。南方的孩子少有遇雪的经验，我和妻子在心里一阵欣喜，"这个时候下雪？或者是祥兆吧？"

前夜的雪下得很长，很大，校园处处银装素裹，但气温也急剧下降，像要烘托考生和家长的紧张。考场外的人们也在合伙制造着寒冷，来自全国十六所外国语高中的考生，以及远比考生更多的家长像聚会一样，此一簇、彼一群地站在考场大楼前花白的空地上，南腔北调地交谈，或是目光茫然的伫立，其间还有显然是爷爷奶奶辈的老人。这是中国的景象，里面有源远流长的文化，于孩子成长的利弊没有人能够评估。

"必须想法子转移孩子的注意力"，我以职业的经验告诫自己，于是刻意地与孩子扯起"今天天气，哈哈"的闲话来，露露似乎很默契地配合，谈些不咸不淡、零零散散的话题，但不久我就感到词穷，不久又发现出题方转移到她一边，且谈笑风生，没有刻意地要表现轻松，似乎我是将要参加考试的人。我既无用，也便真的松快下来。

"当时你紧张吗?"后来我专门问孩子,她脱口答道:"不紧张。""我已做了充分的准备,没有再想结果的事情。"原来她已经将考试交给过程,而不是结果了。

我想起出发时,在机场候机厅的一幕来:航班晚点,一个多小时的等候时间里,孩子像雕塑一样蜷缩在座椅里,看着她不知从哪里找来的"最后的资料",如入无人,直到广播里传出登机的通知,她才立起身子,脸庞被大厅的暖气烘得通红。是啊,孩子已经将努力用到了极致,她已经将可能的"遗憾和结果"在意识里排除,将未来交给身外的未知,真是羡慕她。

两天的考试结束,31日晚,上海的亲戚为我们接风,我在毫无先兆的情况下大醉,在回酒店的车上说了许多妻子转述的醉话。分析原因:孩子将努力用到极致,我则将力量用到不剩。

一周后,新年刚到的时候,手机传来高中老师的短信:"已录取!"

书海中的独游

火车连续穿行隧道,乘客便有时而敞亮,时而昏暗的感受,成长和人生相同。

家有考生的父母,在孩子拿到大学录取通知书的时候,都会长气一吐,四体松弛,身怀"革命终于成功"的舒坦,但实际的情形一定是问题接踵而来。

光阴拾碎

露露到大学报到学习不久,就发现大学并不是像歌曲描绘的那样,绿柳拂桥,花间晨读,倩影匆匆,相遇颔首,倒是心生独在异乡为异客的陌生和孤独,思乡日切了。她每天给母亲打电话,没有任何具体的事情,只是想听到母亲的声音,知道家里的琐事。她回忆那时的情形,自认为得了忧郁症,根据是,看书或在车站等车的时候,毫无先兆,毫无缘由地流下泪来。

千百万离家学习的大学生,孤独而伤郁的只是极少的几个吗?你的孩子属于独立的一类,其安静的表现就是证明吗?可能是,也可能否,只是千万别以为孩子省心和简单,从此了无羁绊,一帆风顺为好。我们是遇到了问题的。

又是图书馆,但地点从中学换到了大学,状态从任性进步到精进——她在老师的指导下,将专业课程做了拓展和深入,目标前是一条明晰的大道,这条大道在心里,在宿舍和图书馆之间。她依然每天给母亲打电话,但语气渐渐发生了变化,反映了心情的愉快,她的一次次的电话为我们描绘了一幅独立求知的画面:

5点50分起床,6点半走出宿舍,骑车到学校图书馆,大门还未开启,她在走廊练习口语,8点进入图书馆,在仅有的五张单人书桌前找一张坐下,不久便有固定的另外四位学生将单人座位填满。各自看起计划中的书目。遇到全天无课,或到校内食堂匆匆吃过,立即转回,或者在馆内吃下早上带入的点心,直至下午6点左右离开,如此,已经坚持了整整三年。

随着学业成绩的提高,以及对独立生活的适应,自信也相应提升——"我是一个天才",孩子半真半假的自语,让我们想起了那个小学的自卑、纠结的孩子，欢喜之时，更多的是欣慰和感叹——成长是一个多么不易，又多么激荡人心的过程，陪伴有多少值得品咂的滋味啊！

　　成长还在继续，陪伴仍需进行……

光 阴 拾 碎

南去的列车

回忆像一个粗孔的筛子,留下的都是大的块粒,掰开碾碎来才能唤醒过往的意蕴。鹰厦铁路,我的人生之初,都在崇山峻岭、河川峡谷的穿梭中聚散。

雪夜闷罐车

我在这条铁路线上密集地奔波了七个寒暑,直至调到厦门。不能忘记的是第一次的探亲之旅。

乘坐鹰厦列车,需要先转车。从住地到火车站要走十几里的乡野小路。隆冬的早晨,天还黑着,吃了母亲做的早饭,提着行李,装着期盼,便融进黑夜里。

夜里的一场大雪将小路完全掩埋,就着雪地反射的微光,还可以看到曲折的轮廓,初次远行,也不懂得带手电,只能摸索着前行。脚踩在雪地上,发出"咕咕"的声响,伴着激动的心跳,倒也不觉得艰难。不知走了多久,抬头看见耀眼的灯光,知道车站已经到了。拾级而上,便登上了站台。这是一个支线的小站，但管着全县和一座亚洲核工业大矿的铁路客货运输，倒也是热闹的所在。站台上还留着未扫尽的残雪，铁轨在火车强光的照射下寒光凛冽，机车头不时发出"扑——哧——"的沉重声响，随即白色的雾气也升腾起来，给人一种捉摸不定的感觉。

要坐的列车是一个黑乎乎的庞然大物，俗称"闷罐车"，平常是用来装运货物的，春运等运力负担重的时候，常用来替代客运。这是一个长方形的铁盒子，带着滑轮的铁门"哗啦"一下拉开，剩下的就是"请君入瓮"了。车厢里没有座椅，也没有乘务员，迎接旅客的是墙壁上一个方形豁口处的蜡烛光，摇摇摆摆，忽明忽暗，像鬼火。因为是始发小站，乘客不多，上车后又迅速地消失在黑暗里，偌大的车厢显得很空荡。靠着车厢的铁壁坐下不久，只听得"轰嗵——""咣当——"两声，列车猛地前后一震，便开动了。

开始还觉得新鲜有趣，但马上就坐立不安起来，铁皮的车厢除了不停歇的刺耳震动声外，就是无尽的寒冷，特别是停站开门的时候，寒气像冲杀进来。想象亲人相见的场景早被冻化，只好起身来回地走动，像关在笼子里的困兽。后来走动已经抵不住寒冷，便使劲地跺脚，忽然想起平日打篮球的动作来，便将空荡的车厢当作球场，奋力地做着投篮、过人和奔跑的动作，像模像样的。现在想来，真是趣味和酸楚皆有。

这是我，一个二十小伙初次远行的第一课，课题是："昏暗与寒冷"。老天也真是慈善，似乎在他的眼里，所有的子民都是可堪大任的，所以无一例外地都要降临艰苦的考验，赐予承担大任的机会。

释然的睡姿

跳下闷罐车的时候，才知天已经大亮，原来在没有车窗的车厢里，是不能清楚感知天色的变化的。

我没有在乡村里生活，到了江西省会南昌却有农民进城的感觉，这是那个时代，许多内陆三线企业员工子弟共同的人生体验。省会的车站人山人海，排队买票要几个小时，从只能伸进一只手臂的窗洞抓回车票，再挤到南去的列车前，已经狼狈不堪，但还有更艰难的上车过程。春运期间，旅客都带着许多的行李，行动更是不便，一些老江湖便弃门择窗，于是车门和车窗都成了入口，喊叫声和告别声，夹着火车进出站的汽笛声，让人产生一种空袭逃难的慌乱感。待从肉缝间挤到座位前坐下，发现座位和走廊全塞着高高低低的人，脚不能伸，身不能转，像被绑在座位上。在家里，父亲说我是"寸地王"，现在是真到了寸地，但为王的感觉一点也没有了。

因有座位，相比于站着的旅客要庆幸和舒适得多，但后来就发现问题严重了。硬座的靠背是直角的，加上身体和腿脚不能动弹，不久便浑身酸痛起来，特别是到了半夜，睡意袭来的时候，几乎要抓狂，残酷的是必需挺着，因为你已经没有其他的选择。想起还有漫长的路程，连设想的念头都不敢让它持续。

这时，车轮与铁轨接缝相触的"咕咚咚，咕咚咚"的声音显得更加无法忍受。人已近乎恍惚，而至于崩溃的时候，脚下有被触动的感觉，睁开蒙眬的眼睛低头看去，立刻心跳加速，睡意也消失了，原来座位底下躺着一个人！人在极端的困境中，智慧也是超乎寻常的呀，前排座位的三个旅客不知是怎样想出这一"困境求生"的奇招的，一个人钻到座位底下，既扩大了座位的空间，又优化了座位的功能，更绝的是对面还腾出一人，横躺在两排座位间，腹部在中间悬空，相座的四人便以腹为桌，惬意地甩起扑克来。在我眼里，这就是整节车厢的贵宾座位了。我像发现新大陆一样，喜悦而毫不犹豫地照方抓药，身子一缩，滑入座底，放平酸痛的肢体，没有过渡就沉入摇晃的迷梦之中去了。座位底下是我专属的空间，舒适的睡眠过程中偶有打扰，例如掉在脸上、刚咀嚼过的甘蔗渣等，但抬手抹去，并无大碍。

俗言饥不择食，其实人在睡意沉重的时候，只要有可能，也会困不择地的。那些在平日里用心维护的形象和尊严，在基本的生活都不能保证的情况下，是不堪一击的，更是没有价值的。我想起莫泊桑小说《项链》里那位高雅的玛蒂尔德太太来了，为了还债，她将自己变成了"乱挽着头发""大盆水洗地板的""强健粗硬而且耐苦的妇人"。在困难面前，勇于务实、求变，何尝不是一种美德？如果还能做到苦中作乐、随遇而安，就更是值得赞赏。看来，我要感谢艰苦旅程给我的人生启迪了。

光阴拾碎

烟笼来舟站

在座位底下昏昏然不知睡了多少时辰，凌晨三四点的时候在福建腹地的来舟车站中转。我不明白，有直达车，为什么买了中转票？或是春运编组改变，临时改为中转？这都与我无关。与我有关的是，提上行李，下车。

站台被冬日的雾霭笼罩着，空气中弥漫着细如粉尘的雨雾，大厅灯光昏暗，旅客们也都面显疲倦，在冬日的凌晨，或坐，或动，使大厅更显得阴沉。广播告知两小时后登车转乘。到处是黑压压的人，我便走了出去。

人生地疏，恍惚间走到小镇的街上，只有少数的几间店面亮着灯，忽觉饥肠辘辘，才知十几个小时没有进食，便走进一家店面，案上的食篮里放着一些食物，原来是染了红色的猪肉，后来才知道，叫"赤烧"，但当时见了一阵反胃，心里纳闷，"福建人怎么吃生肉？"胡乱吃了一碗面条，又走到昏暗的街上，见着赶早的菜农陆续挑着担子来了，扁担的嘎吱声在空荡的小巷里特别分明。天还黑着，也无目标，便转回候车的大厅。

广播里几次播放列车晚点的通知，心里愈加慌乱起来，看到一群穿着像囚服的老人蹲坐在另一进站口，似乎得了特许。便试着靠了上去，未承想成了一段奇遇。交谈间得知，这是一些刑满释放人员，其中一位自称八十多岁的老者至今还约略记得，他说自己五十岁就"进去了"，其他几个当时还是年轻人，我挨个儿看去，也已老态，那位老者眼睑耷拉着，双手插在棉衣的袖子里，佝偻着上身，艰难地呼吸着。这时人群又开始骚动起来，终于可以登车了，一个穿军大衣的朝我走来，显然是带队的，和气地说道："等下你跟在最后面，帮我照顾一下。"我意识到自己被编进了这个特殊的人群里，可以享受先行进站的待遇，心里一阵窃喜，欣然地接受了从天而降的使命。但待遇刚感受就被另一进口的人群冲散，使命也无从履行。我一边顾着自己挤车，一边念着那十几个老弱的人，"他们都上去了吗？"车厢像沙丁鱼罐头，根本不能动弹，火车开动不久，人群里传来慌张的议论："听说那个老犯人昏倒了……"我心里一阵狂跳，随即悲悯便持久地占据了全身。"那个穿军大衣的人可知道？他可能也自顾不暇了吧？是那位与我讲话的老者吗？这样的困境，又如何抢救？"他们是一些终于结束了牢狱之苦的人，正在向思念已久的家园和家人行去，一个多么令人向往的春之团圆，但为什么如此挣扎？

车厢在列车的"咕咚咚"的声响中转入了平静，似乎刚才的那件事没有发生过。车厢里的人们或合目休息，或睁着眼睛看着前方，列车像一只摇晃的船，载着大家，在春天即来的时候，驶向家的彼岸……

来舟，我生命之旅的一个难忘的节点，我将创造机会故地重游，去寻找曾经的故迹和记忆，去回味其中的纷繁滋味。

光阴拾碎

别离归来间

列车在崇山峻岭中蜿蜒前行。百无聊赖中,对面一位年轻母亲引起我的注意。

她刚上车,抱着孩子,又带着凌乱的行李,额头一缕头发垂挂在额前,晃动着,表情显得疲惫和烦乱。好心的同座帮她将行李塞到行李架上,她才坐下,接着又整理包裹孩子的包布,许久才安顿下来,然后从随身的包里拿出一个白色的奶瓶,给孩子喂奶,孩子吸吮着奶嘴,她的眼睛却直直地看着座前的小桌,似若有所思,又似茫无所想。许是邻座帮助过的原因,记得他们一句一停地交谈起来,才得知是一位军嫂,刚到部队探亲回来,要回到永安或什么地方的家里去。

我在一旁听着,心里竟生出"同病相怜"的沉重。分离,是人们都不愿意的,但分离是许许多多的人们必须承受的痛楚。这位母亲或许是更为痛楚的,因为他的分离竟在万家团圆的春节,她要带着幼小的孩子与丈夫分离,且可能无法预知下次团圆的时间,因为她的丈夫是军人。那时候,《十五的月亮》正唱得火热,但在琐碎、实际的现实生活中,人们都能切实地感受到"军功章里有你的一半"的自豪吗?

时间已经过去了三十多年,至今我还记得她抱着孩子入睡的画面,孩子靠在她的臂膀里,她一手托着奶瓶,头靠在笔直的椅背上,面色黄涩,头颈不时滑向一边,又惊觉地看一眼怀里的孩子,再恢复挺直的姿势。我不记得她们母子是在什么地方下车的,现在一定是也将分离当作回忆了吧？

奔驰的列车像一个流动的舞台，舞台上演出着人生的活剧，我竟然与老山前线的战士在火车上相遇了。这是一位性格活泼的战士，准确地说，是退伍兵，负伤从医院归来。他的脸颊和脖颈上有显眼的伤痕，像被火灼过，不知什么原因，就成为了交谈的话由。他十分健谈，绘声绘色地说起战场的事情来："炮弹烧着的树枝掉下来烫的……"附近的旅客都围了过来，好奇地听他讲述，"趴在弹坑里不能动，树枝烧着了掉下来，只能忍着，等炮火一停，再跳进前一个弹坑……"他一边笑着，一边讲着，黝黑的面庞上，一双灵动的眼睛炯炯有神，像在叙说别人的故事。"害怕吗？""根本不会去想，特别是看到同学和老乡牺牲了，都杀红了眼……"他忽然神情有些伤感。好奇的旅客也就不再问了。列车又转入"咕咚咚"的撞击声中。

我是1980年春节初乘鹰厦列车的，接着便生出许多的感喟来，军嫂独别军营，战士负伤归来，这如同刻意的安排，是要刻意地告诉走向团圆的旅客什么吗？这一别和一归，是在启发人们，在辽阔的大地上，悲欢离合其实是纵横关联的吗？鹰厦铁路，长长的列车，长长的人生……

奔向大海

如果说，车厢内是生活的集合，那么车厢外就是生活的延展。坐长途列车，又疲惫无聊，只要有精力，我便长时间地看窗外的风景，也有无尽的发现和收获。

朝窗外看久了，发现七百里鹰厦线，不断有隧道相迎，相处久了，闭着眼睛都能知道，列车的撞击声忽然变得厚闷，就是又进隧道了。站在车厢的链接处就更清楚，随着光线的突然变暗，就有散着焦味的煤粒落在脸上，那是蒸汽机车烟囱冒出的煤渣受到隧道压迫的结果。

对乘车的旅客，隧道非但不可亲，反而反感，但知道了铁路的修筑历史，便亲切以外更生出崇敬。区区七百里鹰厦铁路，大部分建在高山河谷之中，列车驶过江西的鹰潭，很快便被连绵的高山峻岭夹持，列车要越过武夷山脉、戴云山脉，以及相连的大大小小的山峰，必须开凿数量众多的隧道、涵渠，据统计，全线共有桥梁173座、涵渠1775座、隧道88座，在那个几乎靠镐挖肩扛的年代，主要用人力修筑这条铁路，可想其艰辛和震撼。八个师、一个独立团，加上十二万民工，在闽赣荒僻的高山河谷中筑路的场面，会有多少感动？

据老兵回忆，鹰厦线上有一个叫"杨树排"的隧道，是用人名命名的，排长杨树，带着战士挖这条隧道，隧道轰然坍塌，全排都埋在了里面，都是二十几岁的小伙子。牺牲的人还有很多，欣赏风景的旅客恐怕是不会想到这些的，而我心里却有模糊的感动，因为父亲也曾在这筑路的大军之中，至今，我还可以想见他带领战士，在终点站厦门梧村车站席地而眠的场景。

列车基本没有离开过溪流，水转、车转、车转、水转，像深情牵手的情人。沿途并不都是秀丽的风光，闽西北很多的路段都显得十分的荒僻和贫穷，寂静的山峦，简陋的村舍，窄小的田地，火车呼啸而过，或停止让车的时候，时常可以看到铁路边孩子新奇的眼神，或者农民半立的身姿。荒僻和贫穷使他们不能更多地了解和感知外部的世界，但现在是应该有大的改变了。

列车过了华安车站以后，景况出现明显的变化。隧道已经稀少，大山不觉间已退去，天地变得开阔起来。逐渐地，植物也发生了变化，一簇簇的香蕉树越来越多了，印象最深的是大片的红色翘檐的民居，现出喜庆的闽南特色。行人和车辆也多了起来，尤其是人的神情，已经不同先前，更多地显出活泛。窗外的风景告诉大家，列车已经进入了富庶之域。溪流似乎还在相伴，后来知道，一路行来，富屯溪、沙溪、九龙江，先后共有三条溪流紧紧相随。不知什么时候，溪流悄然隐去了身影，估计已经汇入大海的怀抱里了吧。

窗外的地形越来越平缓，天空似乎也更加敞亮起来，忽然列车撞击的节奏变得密集，靠窗的旅客纷纷贴近窗口，大海的英姿浩浩荡荡地出现了：一条笔直的海堤像天桥，将海陆连接起来，大堤的两边是骄傲、欢快的海浪，不断地拥吻着海堤的石壁，海面上漂浮着起起伏伏的木船，并有巨大的轮船悠然缓行，尾部划出倒八字的浪迹。

记不清楚是什么乐曲了，似乎是《鼓浪屿之波》的深情旋律在车厢里流动起来，大家长长地呼出一口气，伸展几下腰肢，准备迎接团圆的到来。

掐指算来，距离那次难忘的鹰厦线首行，已经过去了三十五

光阴拾碎

年,回首乘车的过程,忽觉与人生路程何其相似,从懵懂到明白,从昏暗到明亮,从逼仄到开阔,从慌乱到从容;以及自身的感动和他人给予的感动,都在这向南而去的列车之中!

谨以此纪念过往,并迎接一个新的春天的到来!

故乡只合梦里见

怀乡的情思在发白的头发里茂盛,
相见的情怀在寂静的心台上跳跃,
但我们最好在梦海里相见。

那块黑白的站牌,
面容斑驳,
已经比我还要苍老,
让我们如何相见?

那条清澈的河水,
已经失去了往日的丰盈,
站在你瘦干的身旁,
让我们如何相见?

那座高大的影院,
脸上爬满了藤蔓,

光阴拾碎

无笑无语，

让我们如何相见？

那方明亮的球场，

像石像被拦腰截断，

泥水覆盖，

像洪荒了千年，

让我们如何相见？

那扇多情的窗口，

飘逸的长发已经隐去，

慈祥的面庞已经无形，

黑洞，冷寂

让我们如何相见？

那号青砖的单元，

再没有王叔提着水壶的双臂，

再没有李婶儿端着饭碗的笑语，

再没有小四被按住洗澡的裸体，

偶现生冷木然的新户，

让我们如何相见？

那间热腾的食堂

故乡只合梦里见

已经找不到赶集般的大门，
已经闻不到红烧肉的香味，
已经看不到诱人的蒸汽，
已经听不到勺碗相碰的欢响，
静着，
睡着，
让我们如何相见？

那个恢宏的厂区，
青草已经放肆地侵入厂房，
人群像轰然离开，
厂房无声，
窗门无声，
机床无声，
在破败里相聚合影，
让我们如何相见？

故乡啊，
梦醒梦飘散
相见已支离，
许我见你
在梦里。

光阴拾碎

还是那黑白的站牌,

车灯如柱,

汽笛如歌,

只有永久的迎来,

没有永久的告别,

熟悉的面庞笑在窗口里。

还是那清澈的河水,

丰满充盈,

伙伴同学撒欢横渡,

伸长脖颈,

岸边草莓甜不停。

还是那高大的影院,

后台钻洞潜入,

反看电影真欢喜;

人头攒动,

帅哥美女勤搜寻。

还是那明亮的球场,

观众如墙,

偶像的仪仗;

呼声如雷,

力量的合唱；

锣声戛然，

尽情释放伴休眠。

还是那多情的窗口啊，

想见的人儿在那里；

还是那青砖的单元啊，

日子的温度在那里；

还是那热腾腾的食堂啊，

红火的感染在那里；

还是那恢宏的厂区啊，

跳动的青春在那里，

萌动的爱情在那里，

日子的甘苦在那里，

生命的希冀

在那里！

故乡已经在梦里，

莫睁眼，

好护理，

思念之时常相会，

在太阳升起，

在夜深人静，

光阴拾碎

　　在新途跋涉，
　　在弥留之际……

那些年，我们一起追篮球

篮球，已成为一项世界性的热门体育项目，放眼望去，球星闪耀，球众云集，但20世纪七八十年代，在江西省乐安县的一处大山中，一个篮球的盛世，其火热程度和衍生的意义丝毫不逊于当今。

追逐，从看护新球场开始

721矿，亚洲之冠。古城中学露天篮球场，矿山总部唯一的一块水泥球场。这一天发生了一件大事，学校得到经费，要将旧场地翻修了，对喜爱篮球的人们，这可是一件值得激动的喜事。篮球场可不是一般的所在，它是矿山的文化舞台，是体育人才施展技能和才华的地方，场地如何布置，自然地交给了科班出身的体育教师陈灵新。陈老师像技术员设计图纸一样，如何平整，怎样画线，神情严肃，一丝不苟。

终于，场地建成了，平整、青灰色的水泥球场上，白色六角"马赛克"埋设的边线、三秒区、主罚线，令人眼前一亮，但接

光阴拾碎

着让人担心的事来了,水泥还没干透,必须有人看护。一群喜爱篮球的孩子整日地围在场边,既好奇又期盼,这一幕让陈老师看到了,他如剑的眉峰一动,大手指点着:"你,你,你,在这里看着,不要让人踩上去,场地好了你们先打。"这可是一个莫大的荣誉,尤其是最后一句,就如同对一群饥肠辘辘的孩子说,"让你们先吃"。现在想来真是难以理解,被点到的三个孩子像领了军令状一样,认认真真地上岗,履行看守之职了,这一看,便看得太阳落了山;这一看,便晚饭延了时;这一看,便做起了球场飞奔的梦。不记得后来陈老师是否兑现了诺言,但这几个看护球场的孩子都成为了篮球的铁杆爱好者,一直到现在。

我们也追星

追星其实不是现在才有的事情,我们那时候早有,而且比现在有范儿得多。不信你看看。

那时候文化娱乐生活贫乏,但贫乏不见得贫瘠。那时候娱乐样式少,明星也少,但少有少的好处,它表现更突出,关注也更专一。

都说篮球是巨人的运动,但那时矿山与现在比,罕见有高个儿。王洪才,美称"大洋马",一米八多的身高,已是高个儿,在孩子的眼里,就是巨人了。据说他已经进了专业队,所以不要去厂里上班了。回到矿里也是专业的范儿,常到学校的球场练球。他练球很特别,总是一个人,那出场可是讲究,高高的身材,整齐一色的运动服，雪白的回力球鞋。篮球不是像现在一样，用手托着，或在腰间夹着，他不这样，篮球是装在专用的球网中的，用手提着，走路时，随着步伐一晃一晃的，走路慢，练球的过程也慢。缓缓地拉伸，缓缓地从球网中拿出球，缓缓地拍球，然后双肘向内，将球托至头上方，又缓缓地扣腕，在球弹出的一刹那，中指下压，呈兰花状，其他动作皆像电影的慢镜头。等我会打球后再想起这一幕，才知道，他动作放得这样缓慢，除了热身的需要，更多的是表演给一双双羡慕的眼睛看的。

他这样做的效果也确实收到了。在孩子们的眼里，他就是让人羡慕的明星。身高、服装、鞋子、动作，还有那似乎目中无人的酷劲儿，都让人羡慕。王明星了不得，球迷们也了不得，他们才不会尖叫，更没有兴趣了解球星喜欢吃什么、喜欢什么颜色，以及是否胃不好，他们只关注球星的投篮的动作和技巧，羡慕也是含蓄，并暗自模仿的，比现在的粉丝可高级得多。

也有被征调的愿望和骄傲

爱篮球，就想打篮球，对学生来说，最高理想是进入学校篮球队，就像成为学校宣传队的一员，那可是让人羡慕的事情，是梦寐以求的。

我在读高二的时候，校篮球队代表矿区参加县区中学生篮球赛，后来还参加地区篮球赛了。到城里比赛，这可是让人向往的殊荣，可惜因为个子矮，没有入选。那些日子，心情和天空都是灰暗的，特别是球队中途回校的日子，更是郁闷，郁闷的是他们回来的神态和待遇。正上着自习课，忽然班级出现骚动，同学纷纷涌向窗户，凑上去一看，那帮球队的人回来了，郁闷的是校长也亲自到场迎接了，记得是一辆敞篷的汽车，队员们接连跳下，就势夸张地一蹲，一群穿着崭新运动服的小伙子便集中在校园的空地上了，最让人受不了的是他们抬头看同学的眼神，还有个别队员故意用手捋头发的动作。接下来刺激就不断，下午课间活动时候，队员们练球了，那阵势完全是专业队的，几人一队，齐齐地向前，又齐齐地向后，练着防守。行了，我已目不忍视了。

那几天校园特别的热闹，而我的心里也特别的闹腾。后来球队又去比赛了，校园又恢复了平静，而我却一直装着心事。一天，老师通知我和一位姓付的同学到县里报到，随即送来一大堆崭新的服装，还有运动鞋，我们被征调入队了！天空突然放晴，心情好得无法形容。至今，我还能闻到那回力球鞋的橡胶香，以及运动服的布香。

打球，是中心工作

那个年代，追逐篮球是全民性的，不止是喜爱打篮球的人。说起来你可能不相信，在矿山，无论领导还是普通员工，篮球活动都被认为是中心工作。每到开展篮球联赛，全矿就像政府举办全运会一样，上下都动了起来。其重视度和热度，可以从工作的安排和群众心理生动地反映出来。

领导自不必说，估计是要将比赛写进工作的小本本的。每逢比赛，大体照例要做三件事，一是做工作调度，例如我就知道许多工区的篮球队员训练比赛时间是可以有条件的不上班的，工作要安排给其他人做；二是作经费预算，包括车辆、服装、饮食，甚至营养品等，七十年代和八十年代初，国家经济还不繁荣，但篮球队员却可享受专配牛奶的待遇，有意思的是从来不会引来群众的非议；三是参加赛前准备会，且一定要做一番像模像样的讲话，队员们也一脸的庄重和严肃，像要奔赴保家卫国的战场。

说一件亲身经历的事情。我所在的古城中学，历来有重视篮球的传统，一次打完一场比赛，校长请队员聚餐，队员提出下一场是关键场次，要保持体力，校长随即干脆地许诺，明天可以不上课。后来我也承担了学校的管理工作，才知道，这样的安排在今天的学校是难以做到的，球要打，课是不能停的，显然，校长在聚餐后交代了教务部门，安排了其他老师代课。让人感动是，上班后见到同事，并没有听到任何的怨言，倒是听到"赢了没有"的询问。真是有趣，也真是难忘。对了，校长姓汪，黑黑的肤色，戴一副黄框眼镜，笑眯眯的。

篮球可成好姻缘

篮球可以成就姻缘，说来你可能不相信，但你还非相信不可，等我说给你听。

凡事都有历史背景。先做个一般性的说理。所谓姻缘，乃男

光阴拾碎

女因由相吸，又得长辈接受，水到而渠成，结成连理。在那时的矿山，能成为这"相吸之由"的首推篮球。以现在来说，金钱是婚姻的重要推手，但那时候大家没有经济上的大差别，官职是另一重要因素，但那时官职并未显出高贵，于是，物质的弱势自然地让位给精神和才华的强势，什么才华最强势？篮球。因为篮球活动是最显山露水的活动，毫不夸张地说，矿山像烈火一样耀眼的灯光球场，以及层层叠叠、深度参与的观众人群，在文化生活单一的矿山，那就是维也纳的金色大厅和悉尼歌剧院，演员就是篮球场上奔跑腾跃的运动员。呼声起伏，目光追逐，都在那些青春激扬的小伙子身上，那黝黑油亮的肤色，那凹凸有致的肌肉，那专注争强的眼神，那腾起伸展的英姿，天呀，这活力，这颜值，岂能不激起少女的爱慕之心？

考虑隐私，我不能给你讲述一个具体的姻缘故事，但可以给你提供一些可做推想与比照的事实和事理：观看篮球的少女里，会打球的来了，不会打球的也来了，姿色最好、感觉也最好的都来了；观众不分老少，观球已成重要文娱生活，未来的岳父也在其中；观球后要议论，议论就是评价，球星得到最多的好评，好评即是姻缘之桥。

篮球已不只是篮球，它还是历史，是青春，是才华，是生活。看来大家都应特别地感谢它。

打球，我们已经"中毒"

篮球在那个年代已经成为矿山的"时代强音"，于是追篮球、迷篮球，篮球已成为爱好者生命的一部分。说"迷"还不够，应该说"中毒成瘾"，不能或缺，享受其中。

农民种下秧苗最害怕天降大雨，球迷也有这心理，特别是晚间的比赛，装备就绪，身体和心理就绪，最害怕下雨，一旦下雨，无论球员还是观众，心无着落，心灰意冷，心怀恨意，因为这晚失去了展现的机会，这晚没有了打发空寂的节目。

更绝的是下与不下之间的表现，平日里，到了打球的时间，只要雨水稍停，场地没有全湿，小伙们便抓起扫把欢快地扫除残水，然后急切地丢掉扫把，拿起篮球，一通奔跑，哪怕一手的泥泞，也不予在乎。

更绝的还有冬天，江西的冬天多雨湿冷，在露天打球可要毅力，手冻得僵硬，便戴起手套打，照样不亦乐乎。前段时间在电视里看到一个采访NBA球星科比的节目，记者问科比，如此高的球技是怎样来的，科比回答："你知道洛杉矶的早晨4点，人们在做什么吗？我在球馆里练球。"对比一代球王科比，矿山的那些篮球爱好者可是一点也不逊色呀。能如此着迷一件健康的事情，真是很令人羡慕的。

篮球已经进入血脉，身体会提醒需要。打球的时间是不会忘记的。坐在桌前读书，或做着其他的事情，心跳便加速，体温便升高，看一眼时钟，准保是5点半。起身，换装，托球，入场，两个钟头的奔跑，汗湿一身，痛快地洗个澡，全身便通透，全心也敞亮，生活便无比的幸福。

俗话曰有所思，夜有所梦，日如果有迷思，也一定会有奇梦。做过类似的梦吗？灯光，球场，哨声，接球，向右佯突，带走防守者，再后撤，甩开防守者，防守跟回，便转而向左，腾起，球换左手，在篮筐边一抹，球应声入网。做过这样的梦吗？持球至篮下，高高跳起，防守者一起升空，便在空中停住，等防守者落下，进球，潇洒落地！

太享受了！

羡慕最美的队服

一套普通的运动服被赋予了至高无上的意义，这样的经历可不是人人都有的，那些年，在矿山就有一套这样的特殊服装。

那是一套能入选称雄县区篮坛的矿队队服。蓝色，天鹅绒布质，大大的翻领，宽阔的裤腿，被几批队员接连地穿过，不合身高的小个儿穿着，衣袖可做水袖，裤腰可以拉到胸部，向前拉开，可以装下半袋大米。但这不妨碍它的名气和荣耀。

这套服装单独穿显眼，随便在人群里一走，立刻就会将目光吸走，不管是否洗过、熨过，也不管是否邋遢，"矿队的，了不起！"这就是名气。如果集体穿，那就晃得吓人，你想想，蓝色的队服，胸前印着白色的大字"七二一"，十几个壮硕小伙，在球场中央一字排开，头顶的强光投射到青春的脸上，天呀，简直要晃瞎眼睛、帅乱心房。这时有两个少女看得入神，一个对另一个说："左边那个谁，去追呀！说好了，你不追我可追了？"这仅是玩笑？真不可知。

一套服装有如此大的影响力，源于穿着服装的人和与服装相关的生动故事，那是一段特殊年代的特殊历史，服装里面承载着丰满的青春和珍贵的文化，它具有珍贵的文物价值，不知矿史里是否有它的身影和记载。

为篮球，千里集结

"兄弟，你到哪里了？""刚出城，已经堵了两个小时了！""你到鹰潭了吗？我开车去接你。""路上的兄弟小心，这一段发生事故，最好绕开。"2015年10月，国庆节，在中国的大地上，汽车、火车里正有一群人急切地赶往同一个目标——江西省抚州市金安小区，721矿的新生活区，为了一声篮球的集结号。他们是矿山20世纪七八十年代篮球鼎盛时期的篮球爱好者。他们的年龄多数已经五十上下，现分布在中国的四面八方。

小区设置了报到站，彩色的宣传板，"721篮球精英聚首赛——印象721"几个金色的大字十分显眼，宣传板下坐着几位中年女生，都是当年的篮球爱好者，她们是作为服务者从外地赶来的。一批，又一批，当年的球友赶来了，风尘仆仆，眼里充满期待，十年、几十年没见了，快步向前，握手，热情地拍着对方的肩膀，又纷纷搂在一起合影，接着排起长队，到宣传板下郑重地签名……

光 阴 拾 碎

　　这是一个不同一般的聚会，它只被一个篮球召集，与现实各种各样的聚会相比，显得那样特别。同学会、战友会、工友会，这些个聚会都有一个共同的特点，聚会人都有共同的共事经历，但这些球友们，年龄不一，文化不同，从前的工作也不同，只是因为共同的篮球爱好，多年后一听到篮球，就毫不犹豫地集结到一起了，有的还带着妻子和孩子，只因为那一份篮球的记忆和篮球的情缘，只因为要把那份篮球的生命永远地延续。追逐，与生命同步，他们被自己的举动感动着，也被自己的情怀激励着。

　　721，篮球的故事说不完，篮球的情怀表不尽。文章到此要结束了，原本是为了愉悦身心，净化心灵的，没想到，心里竟生出稍许的伤感来，这怎么行，应该振作起来！让我们怀着骄傲和庄重，打开篮球精英的卷轴，共同重温那段美妙的历史吧：王大春，陈灵新，徐本雄，王洪才，周军，李火元，陈培忠，党延民，王保义，陆景华，韩传胜，付沙柳，毛云东……

问故乡

题记：我写了许多思乡的文章，逐渐地发现，我实际是在苦苦地找寻，而故乡却渐行渐远，一面清楚地存在，一面又飘忽地呈现着……

我没有故乡。
我的故乡不是我的祖籍，
我的祖籍是我父亲儿时的故乡。
我的故乡在何方？

故乡是生我和养我的地方，
睁开朦胧的眼，
她已熟悉的站在我身旁；
张开待哺的嘴，
她已亲切地抱我在心房。

光阴拾碎

故乡是父亲和母亲在的地方,
弱小的时候,
牵着父亲粗壮的手,
拽着母亲温暖的裳;
强大的时候,
装着依恋走远方
揣着车票了牵挂。

故乡是可以端详和触摸的地方,
它是父亲的瞳仁,
即使浑浊如雾,
也能看到从前的目光;
它是母亲的容颜,
即使我双目失明,
也能从皱纹里摸到亲切的面庞。

但是现在啊,
我已找不到故乡。

生我养我的地方,
已经变了模样,
陌生的行人,
陌生的街巷,

问故乡

陌生的院子，
陌生的村庄，
何处是故乡？

再也牵不到父亲的手，
再也拽不住母亲的裳，
一捧骨灰寄他乡，
一张车票去苍茫，
何处是故乡？

再也看不到从前的目光，
再也摸不到亲切的面庞，
两眼空迷茫，
双手自冰凉，
何处是故乡？

伙伴也可解乡愁呀，
伙伴也已散四方。
久在他乡见他乡，
相逢声里含怅惘，
游子伴飘荡，
何处是故乡？

故乡是灵魂降落的地方，
灵魂不死，
就要寻找情的依傍；
故乡是一位不老的画家，
运笔泼墨，
执意描画春的模样。

故乡啊，
你其实是一个多情又内向的孩子，
找不到熟悉的庭院，
你便退回到自我
花鸟纷飞的心房。

故乡啊，
我知道了你所在的地方：
你
在我心所指的方向！

云水回望忆吾师

想写写我的班主任付老师的愿望由来已久，但总被繁事相扰，年复一年，时光匆然，不能再耽搁了。他还好吗？流年就像杂沓纷乱的马蹄，扬起的灰尘覆盖了多少珍贵的过往啊。

想起付老师自然会想到他的吸烟。付老师吸烟与别人不同，每口烟分三个步骤，用中指和食指的后部夹着烟，向嘴前一靠，像是捂住嘴巴，猛地一吸，两腮收紧，手掌向前帅气地一甩，嘴唇发出"啪"的一声脆响，烟入口中，此为"关烟"；接着"嘶"的一声长音，烟入腹中，此为"吸烟"；然后"噗"的一声，烟回天地，此为"吐烟"。三个步骤完毕，看得我们目不转睛。记得几个顽皮的同学模仿付老师吸烟的动作逗乐，我是最逼真的那一个，"啪——""嘶——"然后一阵欢笑。当然，只敢背着付老师。

付老师课讲得好，自然也神采飞扬。印象中一次讲授诗词《沁园春·雪》"北国风光，千里冰封，万里雪飘"，飘逸刚劲的粉笔字，已将白雪飘飞的北国风光勾勒出来。付老师拥有那时看来很标准的普通话，加上很足的中气和浑厚的嗓音，一遍示范性的朗诵，立即就将我们带入诗词恢宏阔大的意境之中，特别是诗的最后一句，"俱往矣，数风流人物，还看今朝"，付老师的声音亢奋响亮，至"今朝"二字，声震室顶，音长缭绕，年轻的学生们便热血沸腾了。

有趣的是，付老师也处在兴奋之中，脸上带着得意的神情，抖抖地从上衣的口袋拿出烟，当着学生的面开始他的"吸烟三部曲"来，"啪——" "嘶——"……课堂自然是不允许吸烟的，但那时要求并不是很严格，何况授课的感觉正好，何况是德高望重的付老师。学生们也无异样感，倒觉得这次的吸烟是教学特定情境的和谐组成部分——大家都在激动之中嘛。

付老师有一手绝活，像吸烟一样，与他的性格相映照，他能用粉笔头精准地提醒开小差的学生，我就亲身见证过。正埋头偷看课外书，或者与同桌讲悄悄话，在忘乎所以的时候，天庭一阵刺痛，一段粉笔头落地，抬头看去，一道狠狠的目光迎来，赶紧改邪归正。

付老师严厉，脾气也暴躁，因此他的课总是秩序良好的，稍有违反，便会招来如雷的呵斥，特别是遇着学生犯错后的顶撞，他会狠狠地从讲台上冲到"不服气"的学生座位前，更加大声地呵斥，愤激到面红耳赤，以至浑身发抖，像几乎要动手一样，结果自然是学生归于安静，课堂回到和谐。

付老师高傲、好强，也与其暴躁的脾气相照应。课要上得最好，活动也不能落下。记得70年代，一次开展区域校园朗诵比赛，付老师带着全班学生，借着教室散出的灯光在操场上排练，中间休息，几个女同学挤在一块水泥的高台上嬉笑，排练开始时，负责领诵的一个同学跳下高台时崴了脚，痛得坐地不起，蜷曲抽泣，只见付老师突然从黑暗里冲到这位女学生跟前，大发雷霆，责怪她疯癫毛糙，关键时刻掉链子，毫无问候之意，结果引来一场家校纠纷。有趣的是，纠纷平息后，平日像"暴君"一样的付老师，一个人立在偏僻处呼呼地吸烟，竟然像孩子一样生着闷气，一脸委屈状，引得几个平日"懂事"的班干温言劝慰，似乎他是学生。现在想来，是那班级的荣誉高于天的意识在作用，但如此表现，也只有付老师才有。

付老师高傲有他的资本，他是师范院校第一批选派来的教师，见证了区域教育从无到有、从小到大的发展史。一群血气方刚、踌躇满志的少年，将火红的青春奉献给大山的教育工程，寒暑已经数十载，培养的学生遍布四方。后来也有更高学历的教师加入，但付老师一直稳稳占据着业务的高台，感觉始终良好。那个时代的师专学生，接受的是全师的教育，满身都透着"师味"，现在叫综合素质，这让他更看不上那些能力单一的教师。

付老师也孤独，这或许是高傲、暴躁的代价，他从来不服顺权威，特别是行政的权威，他孤傲地行走教坛，不曾也不屑于领导的职位，这也让他更加维护高傲和暴躁；他视教育和业绩，以及威望为生命的全部和靠山，一旦受到轻视或无视便陷入伤感。我就是在他伤感的时候进入他的关注，最后成为关系亲密的师生的。

清楚地记得，那是一个特别的午后，学校在食堂举办毕业会餐，可能是酒精的作用，可能是意识到毕业了再不受管束，会餐结束后，几个同学在班级放肆地砸起桌椅来，噼啪声夹着叫骂声从窗户里传出，我知道，这声响里，有几个是付老师平日里看好的学生。这时，我在楼下的操场看到了孤独的付老师，他一个人默默地坐在石阶上。不知是一种怎样的心理作用，我向他走去，于是有了下面简单而含蓄的对话："不都是你喜欢的人吗？"他侧头看着我，目光又移向别处，似失意似感动地说了一句："你比较懂事。"

我比较懂事吗？我不知道，但我知道，我一直是付老师眼里的后进生，可能是我的举动与平日反差太大，引起他注意的缘故吧？但这次的对话，成为我们走近的基础。

似乎是天地蓄意，高中毕业后，做了两年知青，我竟回到母校做了教师，与付老师成为同事，而且同样教授语文。很快，我们就成为可以围在昏暗灯光下，喝酒豪言肆笑的朋友，这时，我又看到了付老师的另一面，那就是他的达观和乐观。付老师也会笑的，他的笑也极富个性，那是一种"俯仰之笑"和"哑然失笑"，嘴夸张地张到极致，却没有声响。乐极无声，这是他极其快乐时的表现。

一起做了八年同事，我调到外省从教。大致是1988年6月的一个傍晚，我正在师范大学学习，临去教室自习时，收到江西发来的一封书信，信封落款"付寄"，我已知道了写信人是付老师！珍贵的书信必须珍重地开启，我快步走入教室，择一僻静的位子，打开信封，逐字地看起来，他向我问好，喜悦又自得地告诉我，他已经评上高级教师，希望我学有所成，共商教学。那晚，我没有读书，怀着激动和感激，专注地写起回信来。

也在这一刻才发现，孤傲、暴躁的付老师，还有多情和细腻的一面。真正认识一个人，看来真是需要时间，以及空间和事缘的。

我们每一个人都是长路上匆匆的行者，行走间驻足回首，才发现山重雾罩、云水阔远，时光已经过去很久。掐指算来，我调离母校已经三十年了。2016年5月，高中同学毕业四十年聚会，我因事遗憾缺席，一天手机里收到一张照片，是同学在赶往聚会地的火车上发来的，照片是同学和付老师的合影，付老师在照片里微笑、矜持地看着我，紧接着又收到同学发来的一条短信："付老师向你问好。"见此，我不禁感慨万千。

念师情结和思乡情结一样，是许多人心中都有的情怀。说来值得研究，人们在做学生的生命历程中，要遇到许多的老师，十年、几十年以后，只有那么几个真正留在心里，念念不忘，而且往往主要不是因为拥有高深的学识和高超的教艺，其中的奥秘在于做人的真实和个性，以及做事的执着和严谨。

愿真实和个性在生活里得到爱护和包容，并得以潇洒、从容。

谨祝付老师晚年幸福！

葱炒蛋

人的世界是由眼睛决定的。夜幕笼罩的两排宿舍,以及黑色的山影,就是知青们的世界,而更明晰的世界其实只是煤油灯光摊开的那一小块。

山坡下两条灯柱摇晃着扫来,像两条蛇在舞动,伴着发动机的嘶叫,这是运板材的汽车来了。于是,照例已经睡着的厨房便又有了灯光和锅勺相碰的响动。不久,带队干部的房间便传出含混的说话声,以及酒菜混合的香味。

"白酒!""葱炒蛋!"知青们仅靠嗅觉就能分辨出来。这是馋极了的表现,狭小昏暗的空间里,眼睛的功能受到限制,于是嗅觉就变得更为发达。鸡蛋是养在屋后的圈养鸡下的,一共也没几只,零星的鸡蛋陆续地收着,只有贵客来了才用。运板材的司机自然是贵客,因为要靠他们将深山里的木材拉到山外,才能换来经费。有时候汽车来得早,可以看到葱炒蛋的过程,蛋是用山茶油炒的,将切碎的青葱混在蛋液里搅拌,倒入大铁锅里快速地翻炒,待盛入盘里,便是香气四溢的金黄的花。从厨房经过很短的空地,没入斜对面的门里,便有了一路蛋香。

最令人羡慕以至嫉恨的还是静夜里闻到门缝里飘出的香味。晚饭开得早，又少油水，接济不上时还要吃无油的菜，肚里早已干旱贫瘠，此时飘来的酒香和蛋香无疑是一种挑逗和嘲笑。而只有带队干部和老农才能专享。席散人出，知青们见着那泛着油光的满足的唇脸，嫉恨之心也无名地生了出来。这很无理，但也很合情，无关干部和老农，来客总要行地主之谊的，只是肠胃实在贫瘠，要迁怒于人。

生活的记忆一旦深刻，便不受时光左右，任凭物换星移、沧海桑田，仍然"春华不老，魅力不衰"。于是葱炒蛋变成了有魔力的"文化记忆"。虽然特殊的年代已经过去了很久，每每看到却依旧心生涟漪。不时地要点上一份，或自炒一盘，一解除心理上的馋欲。

馋，是从困难时期过来的人都有的体验，现在的年轻人或许无法体会产生共鸣。馋到一定程度的人哪怕是正值想象力活跃期的青年，其思维的幅度也是受制于食物的需求的，所以那个时代，"土豆烧牛肉就是共产主义"的说法令人憧憬且深信不疑。

大山里的知青，理想不过是三件事，回家、恋爱和吃上好吃的东西。三件事都是人性本能。遇到活泛的同伴到老农家打牙祭回来，便不免羡慕，如果有人从家里带回有油腥的菜品，哪怕藏得再隐蔽，也能凭着异常开发了的嗅觉很快地定位和"共享"。

这样的画面不知是温馨还是苦涩，同伴被藏无可藏的情势逼迫，只能躲在屋后吃家里带来的点心，但突然听见一声"好啊"，也只好乖乖地"缴械"，或者就只能一下子将食物全部塞入嘴里，鼓着要被涨破的腮帮,摊手示意——"没了……"

  时过境迁,物质丰富了以后,那个"葱炒蛋"的时代留给过来人的已是关于"觉悟"的人生财富了。忆苦思甜是其一;穷且益坚,不坠青云之志,是其二,而这则是冲破肉身束缚的境界,是最值得人们去效仿和努力的。

鱼　事

　　那是一个初秋的季节，早晚已经寒凉。大人们走动得比平常多，围在一起商量什么，像要有大事。

　　大事前几日就发生过，中午的时候，传来王陂河"药鱼"的消息，不久就看到兴奋的人们提着装满鱼儿的篓筐，浑身湿漉漉凯旋的身影。"很多人！""很多鱼！""很多……"凯旋人喘着粗气，带来的消息像砸进水里的石头，发动了人们从四面八方奔向那个发生了大事的地方。

　　寂静的生活突然出现了旋涡，何况还预示着可以慰藉缺荤少腥的胃肠，我跟着人们赶到了河边。只见河岸和河道都是人，站着、弯着，密密麻麻，高处看去很像开掘河道的工地，只是没有旗帜。人很多的说法已经证实了，鱼很多却没见着，但从空气里漂浮的浓重的药味和鱼腥气判断，情况是属实的。后来从早到的人口里得知，"鱼成片地从上游漂下来，白花花的……有人用箩筐挑……"，心里不免羡慕和遗憾。

　　但这回可以弥补遗憾了，大人们决定靠自己获得白花花的鱼儿，我也有机会成为了药鱼队伍的正式成员——参加凌晨启动的药鱼计划，负责参与在下游河段设网拦鱼，给我的任务是少跑少漏，多拦多得。

那一夜不敢沉睡，始终有兴奋感和使命感在心头顶着，但眼皮又总是跟心事角力，双方相互搏斗，在感觉逐渐平息的时候，突然被"起来！快起来"的叫声唤起，便顶着要爆炸的脑袋，稀里糊涂地跟着走入沉静的夜幕里。

大约是四五点钟的样子，真是万籁俱寂。黑暗中，世界是大人的背影和手电筒鬼火似的光柱，影影绰绰，颤颤巍巍。夜是悄然的，行动也是悄然的，这是一项秘密的行动，大人们一路少言，出门时也是鬼祟的情状，这就形成了一个紧张的气场，令更多是奔着新奇去的我感到压抑和紧张。

"工作段"不久便到了，我站在岸边看大人们涉水拉网，路上的压抑早被兴奋化去。后来才知道，拉网拦截的河段是一条支流的入河口，那时只觉得河面很宽，天空只有微弱稀疏的星点，黑暗中河水也是黑色的。网拉好了，两头和中间各有一个竹竿，是撑住渔网的基础。水已过腰，流速很急，网在水下已看不见了，只有几根竹竿在水面颤颤抖动。我也站在了水中，面朝上游，等着"白花花的鱼""成片地从上游漂下来"。现在想来好笑，记得我手里拿着一个圆形的网，鱼儿成片漂下，我舀得过来吗？除非都静静地堆积在网的一边，温顺地等我按次收纳。

上游的大人何时投药呢？药效何时出现呢？鱼儿又何时到来呢？没有手机的年代，我不知道，大人也不知道，只知道估计和等待。但消息没多久就来了，上游方向的黑暗里传来说话声，在只有流水声的夜里特别明显,随即河岸出现了零星的火把和急促的脚步响,从语音可知,是当地的农民,显然药鱼的机密已被村民发现,要来分享他们认为理所当然的一份了。

我们都进入了临战状态,目光急促地搜索着湍急的水面。人声更加嘈杂的时候,天色也由漆黑转为灰黑,可以模糊地看到远些的水面和岸坡的轮廓。突然间水面有鱼儿跳出,划出碎的微光,又扎入水中,显然是受了药性的刺激和渔网的拦阻,想要挣扎和挣脱;在鱼儿不断跳出又扎入的时候,水下也出现了情况,不断地有鱼儿沉闷地撞在腿上,或油滑地擦过,感觉那鱼很大,很重。如今回想,敢情大人们设置的拦网竟像门帘,鱼儿是可以"掀然而往"的,难道他们的计划没有将还有力气的鱼儿考虑在内?

水上眼花缭乱,水下鱼儿乱窜,几个大小爷们,只剩严阵傻站。天色浅白,山野露出眉脸的时候,上蹿下跳的鱼儿隐去了声迹,预想中的"白花花的鱼儿"最终也没有出现。

行动宣告失败,只得收拾工具,在饥寒交迫困顿里跟着大人,沿路返回。

后来听说:"药下少了,劲儿不够。"

如今再想起此事,已是五十年后,当年的失望全被乐趣取代;我想,天边的往事一直连接着今生,一路地跟随,远远地端详,从未消去,构成人生的胶片。

光阴拾碎

回望之愁是乡愁

　　王陂河是一条普通的小溪，依着不高的山丘悠悠地流淌，却流进了我的生命之河里。

　　那是我十岁左右的一个阴雨天，我与家人一道坐着堆满家具的带篷卡车，"下放"到离河不远的工人居住区。从楼房到平房，推门便是大地，转角便是山野和田畦，三个岁数相差无几的兄弟便像被放生一样，四处撒野起来。

　　登高望远间，我们看到了山脚下的王陂河，如玉带一般泛着灵光。灵光带给孩子的不是诗情画意，而是戏意玩心。靠河的山坡极陡地披挂而下，上面生着一簇簇的灌木，像一个个堡垒。于是，我们从工厂的废堆里找来一片巨大的圆形钢片，直径有半人高，黑黢黢的钢片，中间厚，边缘薄，像锋利的刀刃，更像我们狂野的童心。三个顽童心里装着比钢片还大的期盼，吃力地将它滚到山顶，马步，扶正，对准山下的河流，推动！钢片如脱缰的野马出发了，先缓后急，夹烟带尘，呼啸而下，一路攻城拔寨，草飞石跳，所向披靡……

　　此后，在这几十米的山坡上便时常可见三个浑身水湿、躬身

滚推钢片的孩童，一天天，一次次……

终于有一天，在欢快的呼啸和烟尘之后，如飞碟般的钢片划着弧线，沉入水中，再也摸寻不到了。像那沉入大西洋底的泰坦尼克号，被泥沙覆盖，被流水腐蚀，也宣告了一段岁月的消逝和铭刻。

王陂河，水不深，河不宽，但在市场经济的潮水还未涌来的年代，积蓄了丰富的蕴藏，给人们带来了丰富的馈赠和快乐。

河里的鱼儿久无惊扰，也无喂食，大人们沿河一排站着，手握竹竿，起起落落，觅食的鱼儿便入了鱼篓，鲫鱼、鲶鱼、草鱼，甚至有珍贵的鳜鱼。最有趣的还是放夜钩，在河的一侧将挂着鱼饵的竹竿插进岸边的土里，或者用一条长长的渔线，连着一排鱼钩，像晒着衣服的绳索，沉入水中，两头以竹竿固定，便等着起钩。起钩的乐趣是远大于握杆垂钓的，放完夜钩后，便回去长久地等着，夜半十分再寻到下钩的地点，水流潺潺，四野宁静，找到鱼线的一端，摸索着涉水，慢慢地提起，前景完全无法预知，突然手里一沉，水花翻响，接着便可见钩上闪着银光的鱼儿了。放夜钩是父亲带着我们去的，那段记忆是那样的深刻和美妙，可惜回望之时却已苍茫。

记忆里，王陂河的水很清澈，浅水的河段，可以看到河底圆亮的鹅卵石，是戏水的好地方。夏天天晴的时候，弯腰掬起凉爽的河水抹在脸上和身上，很是爽快；又或者仰卧在水里，任流水缓缓地推着身体，眯着眼看高天的太阳，世界变得无限广大和魔幻。

河水顺山流淌，在一个山势急转处受阻，水流回旋，形成了一个水潭，我们叫它"大水坑"，我的狗刨式游泳技能就是在这个水潭里学会的。记得一次正在水里狗刨，迎面有一绿色的东西瞪着黑眼游来。"蛇！"恐慌中我手脚乱舞，逃命一样地爬到岸上。这是一条叫竹叶青的毒蛇，许是受了我的惊吓，并无敌意，便独自游去了。

水潭不仅是天然的游泳池，更是鱼儿的聚集地，于是我便有了如今已不可得的"炸鱼"经历。

几个"活泛"的年轻人，借着工作的便利，偷偷地将雷管和炸药夹带回来，生活便有了新的神奇和刺激。悄悄地在几个油纸做的圆筒里埋进电线，再将灰白的药粉填压紧实，带上点火用的电池等，一伙人便奔向王陂河的水潭了。炸鱼是一种什么样的情形呢？雷管沉入潭中，一人手扶着连着雷管的电线，猫腰后退，像战争电影里的工兵似的，其他几个则像准备冲锋的战士，屏住呼吸，趴在草坡后面，目光如炬，盯着回旋的水面。两个线头相碰之间，闷响轰然，水面鼓胀，爆裂起高高的水柱，接着又哗地泻下，水面回归原貌不久，白花花的鱼儿就成片地浮到水面上来了。记忆里留下的更多是游戏的快乐，至于鱼儿是怎样捞起，又怎样下锅和入口的事，倒模糊不清了。

王陂河从何处来，又向何处去，我并不知道，只知道它是一条大溪的支流。我与它的渊源只在住地附近的一小段，但在我心里是最美的一段。站在山坡望去，王陂河如银蛇般蜿蜒，窄窄的河道上有一座小木桥，木桥将一条弯弯曲曲的小路连接起来，小路在远方通向大路，在村庄密集的地方则是大山的出口——一个热闹的火车小站。不知有多少人从小桥上走过，最后在火车的汽笛声中驶向山外的世界。

我是一个漂泊感很强的人，这与我总在外乡生活有关，因此内心里总在找寻着故乡，思考着故乡。

有人说，故乡就是乡村和自然，思乡就是对城市文明的背转，对此我无法评判。人是自然的附属，没有了一河一溪、一山一树、一井一屋，故乡又该在何处生根和呈现呢？但只有自然景物并不足以构成故乡，还要有相关的人生经历和故事，否则大千世界都可以是故乡了。另外，在故乡的经历和故事还得发生在人生的初始和成长阶段。生养之地，青春之乡，悲欢离合酿思肠。此外，离别亦是必须，别离之地是故乡，回望之愁是乡愁。

这样看来，那悠悠的王陂河就是我的故乡河，河水流淌的那方土地就是我的故乡了。

光 阴 拾 碎

凝固的年华

那首歌是在山里的学校学唱的,那片海是在露天的荧幕里看到的,而那段模糊的童年是在悠长的记忆里刻意擦拭才能显现的,所以,当我接近它的时候,竟然毫无准备。

冬日的一个清晨,我和女儿去看故宫角楼回来,路过北海公园。公园里很安静,寒气袭面,晨练的老人包裹得紧紧的,阔大的湖面结了冰,阳光照射下,泛着白光,像洒了鸡蛋清一般——北海公园凝固了,于是心里便觉着少了些趣味。

但似乎总有什么在心里浮动,时急时缓,时拢时散。不禁想着,北海与我有什么关联吗?路边有一组铜色的雕塑,落满了灰尘,三个穿着夏装的少儿正专注地听一位坐着的战士讲述,那是20世纪50年代的形象,边上有一条桨船,也落满了灰尘。

"这是?"不经意地回头,湖心岛的高处,高耸的白塔扑入眼帘。"是了,《让我们荡起双桨》!"

于是想起了记忆里遥远却熟悉的旋律——

"让我们荡起双桨,小船儿推开波浪。海面倒映着美丽的白塔,四周环绕着绿树红墙……"我迫切地四处搜寻歌曲里的景物,目光所及：湖水、绿树、白塔、红墙。在凝固的空气和冰湖中，模糊又遥远。

电影里的那些少儿演员现在已是白发苍苍了吧？与他们同时代的我们，也已白发苍苍了吧？他们还会追念歌里的绿树红墙，还会被欢快的旋律激荡起童年的波浪吗？

我想，会的。

他们的童年可能在偏僻的大山里，刨笋竹林，嗅着新笋的清香；抓鱼沟溪，土灶前等着垂涎的美食——这是他们的追念。

他们的童年可能在辽阔的草原上，风吹草低，羊马如云，在野花丛中采撷和撒欢——这是他们的追念。

他们的童年也可能在拥挤的杂院里，爬树掏鸟窝，翻墙躲猫猫，街坊邻里饭菜香——这是他们的追念。

在昏花老眼、蹒跚步履中，他们的童年会混合在弥漫的青春里，所有的天真烂漫、激情活力都被归入了"童年"，于是上学、毕业、工作、约会、结婚、生子，等等，一切与青春和活力相关的过往，都成了他们的追忆！

然而童年和青春终会逝去。逝去的童年和青春有的去了记忆里，有的则去了景物和物件里。记忆是飘忽的，越是久远，越是弥散于云水，难以捕捉，需要外因的触发。唯景物和物件是具象的生命，过往的悲欢都藏在里面，凝固而长久。

我有无这样的蕴藏悲欢和年华的具象物件呢？一本绿色封皮的书籍跃入我的眼帘。是一本秦瘦鸥的《秋海棠》，20世纪80年代父亲购来的书籍，至今已经三十九个春秋，书籍的边缘已经起了毛边，色彩也已经老旧，父亲看过以后被我拿来续看，便随我来到现在的城市。几十年来数次搬家，数次清除旧物，这本书始终在保留之列。不因为它是现代文学史门派的代表，而是因为书的封底上写着父亲读后的亲笔诗作。"天赋玉琴海棠开，逆风败絮吹天来。人间多少思亲泪，何以湘绮梅宝衰。"父亲三十九年前留下的笔迹和诗作，如今看到就如同他鲜活地站在我面前，从笔迹里可看到父亲青春的模样，从诗歌里可以感受到父亲丰富的情怀，从书籍上令我青春的过往一下子复生，并连绵不绝，而对父亲的思念也愈加强烈。这就是具象之物的岁月情怀之藏和价值。可惜，我以往缺乏这方面的自觉，使许多值得珍藏的旧物失去。

　　望多有这样的珍贵物件伴随我们的生命，使记忆在这些景物和物件里慢慢化开，不断地回放曾经珍贵而美好的时光……

那夜，李花簇拥

人们从来没有像今天这样向往财富，也从来没有像今天这样渴望幸福。财富与幸福，一个物质，一个精神，纠缠着，又对立着，无论贫富，人们一边继续着财富的追逐，一边执着于幸福的探寻，于是就有了关于幸福的各种诠释，谁也统一不了谁。什么是幸福？我讲一个亲历的故事来回答。

让时间回到1977年，一个春天的夜晚。江西省乐安县的一处大山中，生活着一群从城里来的知青。这天晚上，他们有一个新鲜的活动，到大山的更深处，一个村庄去演出。从住处到村庄要走一段长长的山路，路的一侧是黑幽的山壁，一侧是沉睡的水田，那天夜里没有月亮，几把手电筒的光柱规划着大家的脚步，叽喳的话语和时起的朗笑让寂静的群山增添了活力。群山把大家聚拢到弯曲狭窄的山路上，夜幕如绵厚的被子拥护着离家的少男少女。正沉浸在温暖欢快之中的时候，狗吠的声音吸引了大家的目光，只见前方出现了显眼的亮色，间或传来鞭炮的噼啪声，那是村民在欢迎大家。待大家在亮色的中央止步的时候，眼前的情景让他们惊诧激动了：村民们倾巢出动，男女老少早把一块晒谷

光阴拾碎

的空地围得严实，抬头望去，才知道亮色是绑在树上的火把发出的，火苗热烈地舞动着，噼啪作响，夹着扭动的黑烟，伴着松油的香气，更让人惊诧的是固定火把的树，那不是一般的树呀，满满地开着大朵的白色的李花，袅袅娜娜，密密层层，将晒谷场围成了舞台，舞蹈在花的背景中伸展，歌儿在花的簇拥下流淌，青年们和村民们都在这一块如梦的窄小天地里欢快着、满足着。

还有欢快在后面。演出结束，糍粑的香味就引诱着大家了，借着模糊的油灯光亮，三五成群走到屋前空地，几个青壮的村民合握着木杵，一上一下，向石臼里砸着糍粑，主妇们将砸好的糍粑揉成团，再在撒满炒熟的芝麻和豆粉的竹扁里一滚，香喷喷的糍粑就在大家眼前了。还有那种农村才有的糯米糖，村民们已做好了放在竹扁里，里外滚上豆粉，卷成条状，一口咬下，黏甜香脆，大伙儿一人一袋，说笑着重回夜路，心里在假想着远方家人品尝时的情形。

故事到此，若说那一夜，这些青年是幸福的，你以为是否？我看结论是是则是，否则否的。先说否，最简单，也最有力的回答可以是一句话："我不觉得是幸福"，不就是说笑、见花和买糍粑嘛，这也够得上幸福？再说是，我以为那是真真切切的幸福，于今想起，依然幸福。这就有一个怎样理解幸福的问题了，"幸福，是指一个人的需求得到满足而产生喜悦快乐的心理状态"，因此，我的回答也简单而有力："我觉得幸福"。细说起来，可以分为三点：

一是幸福属于个人的主观感受，幸福感一旦产生，便在人的身体里欢快舞蹈，并不因为其他人的否定而消失，除非自己接受了否定。那一条山路，青年们感受到协助和温暖；那一围李花，青年们感受到美妙和关注；那一袋喷香的糍粑令离家的孩子看到了亲人满意的咀嚼，听到了亲人欢快的笑语，他们沉浸在真切的幸福之中，你无权说他们不幸福。

二是幸福各有不同。产妇听到孩子的第一声啼哭，是幸福；研究者发现重大的自然奥秘，是幸福；饥渴的跋涉者喝到甘甜的清泉，是幸福；富足的商人拥获稀世的名酒，是幸福；救起自己的亲人，是幸福，救起别人的亲人，是幸福。幸福没有统一的形态，幸福的多样造就了生活的多彩，让天底下的人们都热爱生活。

三是幸福有赖于具体参照。以那群青年为例，走山路，见李花，买糍粑，之所以让他们幸福，与他们的生活空间和心理需求有关，远离父母，落脚大山，生活单一，在同伴的协助、村民的关注和亲人相见的遐想面前，幸福便像温泉，汩汩而出了。所以，评论幸福是不能做出居高临下状的。

参照须是自我的参照，这一点很有必要说说。因为现实生活中，许多可以幸福的人不小心得了"幸福眩晕症"，总是拿别人的生活作为幸福的参照物，结果造成了生活的灾害，钱少的愁，愁别人钱多；钱多的也愁，愁别人钱更多；位置低的人愁，愁别人位置高；位置高的人也愁，愁别人的位置更高，凡此种种，将自己的生活变得愁云满天、瓦砾四散。这种愁一旦成为思维习惯，景况就更让人担忧，生活中刚有幸福来访，就立即挥着别人的标准将其打出门去，结果是，回顾四下，幸福一贫如洗。

  幸福需要创造，也需要珍惜和感受，近处的幸福要尽情享用，远处的幸福要努力争取，做到这些，我们将时常身在"李花簇拥"之中。

清明思人人不归，泥泞小路入梦来

清明思人人不归，泥泞小路入梦来。

我坐在永久牌自行车的横杠上，脑后承着父亲呼出的热气，昏然蠕行。

那些年，父亲赋闲，选择钓鱼打发时光，这一钓，便沉浸其中，常常一竿、一篓、一车，昼出夜归，灯火阑珊时，泛着亮光的鱼儿哗啦啦从篓口泄入盆中，一家人便被欢喜的氛围笼罩着，父亲也带着自得的神情洗漱去了。

因为身体显得柔弱，钓鱼这样的辛苦活，父亲都是带着兄长去的，我更多的是扮演围观"收获"和坐享美味的角色。但因为去得少，印象就更为深刻。记得那次骑车到偏远的地方钓鱼，地点是田野中的一方藕塘，鱼钩在藕叶的间隙沉入，水面露出一节红白的浮漂，将鱼竿向岸边的泥土里一插，便等着，浮漂抖动时，便双手握竿，做半起状，浮漂静止时又回归松弛。如此反复，次数多了便有孤寂无聊感。三伏天，烈日当头，藕塘水草被高温烘烤，夹着腐泥的气息，散出难闻的气味，阵阵扑鼻；眼睛盯着浮漂久了，金星乱闪，渐渐身体似乎融化，陷入缥缈虚无之中。待醒来，看见父亲抽着烟，仍然端坐着，我从水里拉出鱼篓，已经哗哗作响，精神也为之一振。

收钩回家已是日沉时分。一辆半旧的永久牌自行车被厚厚地武装起来，后座驮着行具和鱼篓，鱼竿绑在横杠上，从车头延伸到车尾，合着车轮看去，像一副扁担挑着沉重的箩筐，已是初中生的我侧身坐上车的横杠，两手握着车龙头，这时，父亲已早坐好，一只脚在踏板，另一只则斜撑在地上，一蹬，一踩，便驶向归途了。

归途意味结束寂寞的垂钓，指向温暖的家。坐在车头，沐着夕阳的余晖，放眼观赏着绿野方田，归牛炊烟，心里无限松快惬意，但随着夕阳落幕和路程的延长，在车轮的颠簸和黑影的晃动中，无聊和困意便升起了。不知恍惚了多久，睁开睡眼时，车依然在路上。朦胧夜色中，车把闪着微光，沾满厚泥的轮胎沿着一条小路左右扭动着，父亲吃力地蹬踩着，一路无言。

现在想来，我当时虽然感受到父亲的艰难，但绝无要下车的念头，一则父亲没有发出指令，再则我根本没有独立的思想，父亲是山，是发动机，我把一切都交给他的双脚，交给他的背脊，交给夜幕，交给眼前这条狭窄而弯曲的小路。我是放心和宽心的，父亲会这样一直载着我，没有停歇，也没有危险，一直载我到那熟悉的家门。

说到小路，另一条蜿蜒在水田间的小路在我眼前呈现出来。那还是上小学的时候，几个玩伴排队站在教学楼一楼的平台拼胆量，"鱼贯而下"，摔裂了腿骨。伤筋动骨一百天，几个月的时间，母亲背着我看医换药。医生是一位姓谢的中医，诊所在一片水田的尽头，几百米的田埂路要背着我艰难走过，多少次我已记不清了，也从未留心去计算过，只将母亲的承载当作平常和当然。母亲在父亲面前是被照顾者，但在孩子面前，特别是无法依靠父亲的时候，却强大到惊人，我也是许多年后才认识到的。

现在，记忆里的小路可能已经建上了房屋，或者淹没在荒草中，无迹可寻了；永久牌自行车后来或许也化作钢水了吧？父亲的双脚和母亲的脊背也合着他们的音容化作灰烟，只留一张微笑的合照，在墓碑上看着我……

清明如期人不期，却留往昔在心头，我，一位即将步入老年的儿子，想起双亲给予的无华护爱，不禁感恩和感慨。爱于心，爱无由，像山间自然流淌的清泉，吸吮者却是应当领悟的，现在，我也只能扮演清流的角色，为自己的后代无私流淌了。

此祭，于 2017 年清明将至。

光阴拾碎

露天生活

太阳给自己蒙上面纱,在山梁上落到只剩半张脸时候,房头的公共水龙头下便热闹起来。

这样一幅画面,无论对今天的城市,还是乡村的人来说,都是不解和陌生的,但对生活于20世纪六七十年代的厂矿居民区的人来说,却是再熟悉、再真切不过的生活场景了。

公共水龙头下的生活,最典型的是平房居住区。在一栋平房的两端,或者几栋平房的接合处,设一个用砖石或木板垫脚的公共洗刷点,现在想来,这是那时小区(也就房子,并无围墙,更无物业)生活设施的标配。这样的配置自然是告知人们,来此用水,只要与洗刷相关,都是物尽其用、合理合法事情。

于是,一幕幕鲜活的居民洗刷剧就伴着水声和人声热闹地上演了:

主演当然是各家的主妇,远远近近从各自的屋门走出,或者是因为"公开洗刷"吧,脸上大多带着笑意。洗刷的东西没有限制,吃的、拉的、穿的、用的,只要愿意洗,都可拿来。于是就常常会切入这样的画面:正在清洗着菜蔬,一股浓重的气味飘来,大家知道，这是马桶或尿壶驾到了，便左右腾出一块，让到水龙头下去"受洗"，过后再恢复，包括刚才正拉呱的家常以及笑语。

水龙头下的主演也不都是主妇，男人们一加入，哪怕是一两个，镜头也常会被抢了去，不只是因为所洗的东西特别，还由于姿势和动作都与主妇不同——男人加入是来洗自己的身体的。男人在露天里洗澡，在那时与不可思议挨不上边，倒是在家里就着一盆浑水擦洗，至少会让人觉着别扭。

毕竟不同于公共澡堂，来此洗澡自然要将私处遮起，除此以外，基本的环节与现在的洗澡是相同的。差别大致在两个方面，趣味和情趣也在其中，一是"说洗"，即一边洗，一边还要顾着与主妇说话，否则无言而来又无言而去，不让人害怕，也让人尴尬；二是"倾洗"，这是洗澡的结束环节，也可称为亮相环节，全身洗毕，接一桶或一盆清水，举到头顶，此时其他的洗刷者会配合着散开，成了围观的观众，只见高举者手腕一转，银河倒挂，清水兜头而下，身体的凹凸毕现，围观的人和洗澡的人一样，都松快下来。主妇们想着晚饭，男人们则可能想着打扑克的事情了。

那是一个集体的年代，自然也是公开的年代。公开，已然成为一种文化。

那时候，居民多住平房，像车厢一样的平房相向而建，中间的空地成了公共的走廊和院子，于是邻里间来个客、娶个亲、吵个架什么的，传得比网络都快。

以吃饭为例，公开吃饭就是个很有趣的现象。吃饭是一件私密的事吗？至少对家庭用餐而言，是的。但那个年代不同，特别是孩子，他们是将在露天里扎堆儿吃饭当作聚会和娱乐的。

最好墙根儿有个高高垒起的柴堆，大家各自端着饭碗，爬上去，错落地坐着，边吃边聊，边交换各家的菜肴。一来可无拘无束地玩耍，二来可吃到与自家不一样的味道，那是一件多么诱人和快乐的事情呀。

孩子喜欢"公开吃饭"，大人们也不乐意闭门独食，在那个节奏悠缓的年代，闲着也无趣，特别是家属不在身边的人，自烹自饮食，孤人对孤桌，确实是一件无聊的事情。便索性端着碗到屋外吃，起码可以结伴聊天，或看别人聊天。于是在屋前的空地上，便常见手捧饭碗，吃饭聊天或侧身观牌的大人，画面也是温暖柔和的。

我家斜对门便住着一位姓谢的赣南人，炒得一手好菜，又一个人生活，便常常"公开吃饭"。赣南人喜吃辣，闻着只是辣味，端出却有了色彩。白糯松香的米饭上，盖着色彩缤纷的菜肴：辣椒芹菜炒豆干，红白绿三色的菜，夹一段翠绿的芹菜咬得脆响；辣椒豆豉炒鱼干，红黑黄三色的菜，与米饭一起，盛得像小山，便伸着头，努着嘴，筷子抖抖地挑入，夹一块金黄的鱼干，伴着松软的米饭，鼓着腮帮咀嚼，让人看着满口生津，十分羡慕。遇到炎热的夏季，便在落日余晖的笼罩里，看到一处处合家围坐用餐的场景，满是热闹和喜庆，现在习惯在空调环境下用餐的人们是无法理解和体会了。

鸡犬之声相闻，老死一直往来，流水锅勺话语，知道邻里家菜。集体的年代，日常的生活伴随着公开，有限的集体活动更是体现了那个年代特有的公开性。

那时候，电影院还是稀品，且数量上远不能满足人民群众饥渴的文化娱乐需求，于是天做顶地为席，产生了露天电影。

露天电影院的标配为"四大件"，一机（放映机）、一布（幕布）、一杆（挂幕布的木杆）、一喇叭。在一块空地上支起来，便成了万众瞩目和聚会的地方。座位是动态的，摆几块石头，划几条线，便成了一次观影的专属座位区，而下一次可能又换了主人。夜幕降临之前，一块块砖石和划线构成的区域便陆续被椅凳占满，家族的成员也陆续登场，最后形成一张张露天的"全家福"。电影一周一放，几次下来，"全家福"里的男女老幼就成了公众人物，家族的情况，甚至绰号都被传播了。

记得某家的女儿性格泼辣勤快，总在固定的地方早早地划线，谁也不准占用，时间长了，原来的线划成了沟，像护城河一样将中间包围起来，于是引来一些人的不满，也引来一些人的打听，"谁家的？""某某某嘛！""那老三外号叫某某"……打听分次数延展开去，一直将对方的情况了解个底儿透。

打听的兴趣延续久了，便成为一种文化习惯，在人们心里存留下来，不为时间而改变。数十年过去了，已经长大和变老的人们若还想了解"前世今生"的人和事，只需将问题往"微信群"一放，三五分钟就能得到答案，工作职业、高矮胖瘦、籍贯发展、婆媳妯娌、逸闻趣事等，清楚得跟档案、家史似的，甚是有趣。

总之，在熟悉的电影片头曲播出之前，露天电影院就是一个公开展示的平台，供人们宣示存在，缓解无聊，满足好奇，增添乐趣，增进了解，融洽关系。

　　少私密，多公开，这样一种"露天"的生活，现在想来，恍如隔世般难以思议，是好是坏，是甜是涩，只有极具才识的人能够评判。予以记载，至少可作为岁月的留念吧。

山坡歌者

唱歌这事儿，只要旋律和感情大致匹配，就可以"为我所用"，特殊情况下，毫无关系也可，因为旋律与感情之间并无直接的逻辑关系，至于歌词，完全可以忽略。这方面表现极致的是勺子。

勺子是我的知青朋友，几十年未见了，也不知他现在哪里，但记忆不因岁月而模糊。

勺子只是绰号。他是家里的独子，上面还有两个姐姐，父母都是干部，在这样的家庭里，照理是娇生惯养，他却不同，特别有责任感，也特别能吃苦，倒像是艰苦人家的长兄，心里装的事情也多。他的长相也与柔弱无关，矮矬的个子，宽硕的腰肩，特别是那张刚柔相济的面孔，络腮胡子配着圆圆的脸，一双多情的小眼，笑起来像两道弯月，给人既雄武又细腻的感觉。

勺子喜欢唱歌，到了一个很高的境界，高兴唱，不高兴也唱，自然地思念唱，不思念也唱。对他来说，唱歌已经成为一种生活方式，他是大山知青点真正的歌者。

勺子喜欢唱歌，且唱得特别。先说地点，他把唱歌的地点选在了一个山坡上。山坡是天造的歌台，在住处的屋后，两山相拥，

光 阴 拾 碎

像舞台的侧幕,中间向前凸出一块几十平方米的平缓坡地,上面生着稀疏矮小的灌木,像舞台上撒下的花,沿着花间的空隙走到山坡的边缘,可以望到群山环拥的的盆地,村落和农田尽收眼底。他就一个人对着村落和农田唱,村落和农田也就兼职当了他的听众,当然,还包括在屋里和附近的知青与山民。

再说时间,勺子唱歌大多在夜里,明月当空,星光闪耀,适合抒情,还好理解。令人叫绝的是,他唱歌只听从心情并不受天气的左右。一夜烟雨迷蒙,勺子的歌声又从山坡上传来。他就那么在漆黑的夜里高高低低、长长短短地唱着,听多了你不觉得他是在唱歌,倒像在说话——其实,唱歌就是人类说话的一种。勺子对着雨夜的山野倾诉着,像真有倾听者一样,认认真真,一丝不苟。许久歌止门开,一个穿着军用雨衣的人窸窸窣窣走入——这是勺子!想想混着雨声的歌声,以及夜幕山坡上高歌的黑影,心里真有一种佩服和感动。

更特别的是曲目。他似乎只唱三首歌,《乌苏里船歌》《三套车》《挑担茶叶上北京》,都是悠长抒情的歌曲;特别是第三个,唱得最频繁:

"桑木——扁担——轻又——轻呃——,我挑担茶叶——出山——那——村,船家他问我——是哪来的客——哟——,我湘江边上——种茶呀——人"。

歌曲开头描绘的是一幅茶农挑担行走的画面,在悠缓轻松的旋律中，一位挑着担子的茶农，沿着江边山路，如仙人般飘来，但勺子的拉腔特别长。这是20世纪60年代的一首湖南民歌，塑造了一位赶去北京向领袖送茶表情义的茶农形象，但勺子演唱显然是另有所指。听得多了，加上相处密切，可以从歌声中辨出不同的情绪来。

心情好的时候，拉腔特别悠长和亢奋，似乎要拉到天际；不好的时候，节奏特别的缓慢，旋律也特别低沉，就像这一段，本来是表达茶农自豪、喜悦心情的，但勺子可以让它服从压抑的情绪——"你要问我是哪一个呃，芙蓉国里唱歌人呀嗬，芙蓉国里唱歌呀人，哟……哟……"，结尾的两个"哟"字，由高到低，逐渐飘忽，直至散去，意思是茶农已经挑着担子走远，但勺子的拉腔里似乎少了茶农的得意和喜悦，夹着些沉重艰涩的东西，像老旧门轴转动的干涩与凝绝。

凡是将这首欢喜的歌曲唱出"异味"的时候，我大体都知道其中的原因，要么是与人斗气了，要唱歌舒解；要么是离家久了，借唱歌思乡。特别是恋爱后，旋律简直就反映了"爱的轨迹"，顺利时明亮，波折时艰涩，离别时悠长，唱歌抒情已经与说话表达一样，直接明了了。

勺子自然知道我是他的明面上的朋友，但他不知道我还是他暗地里的"知音"——其实，那时连我自己也是不知道的，只是他经常地唱，而我则经常地听，因为平日里关系好，所以听得较认真，听得多了就成了"知音"。有时也有听歌解闷的时候，勺子的歌技高，可以缓解山里生活的单调，如果自己也思念起家乡来，而恰在此时又听到勺子的歌唱，则我便成了与他一样忘情的听众了。

　　勺子是我的知青朋友，几十年未见了，也不知他现在在哪里，还那样极致地唱歌吗？但我想，至少在心里，仍然是会的。

鼠 伴

与鼠为伴的经历真是奇迹。

知青点的三栋建筑建在半山腰拓出的一块狭长平地上，两栋平房为集体宿舍，另一栋则像"综合楼"的性质。这是一个两层建筑，顶层防潮，木板地面，用作存放谷物的仓库。底层大的一间作为会议室，也用来存放脱谷机之类的大物件。其他则是木板隔的小间，供带队干部和老农居住。因有空余，少数知青也享受了住双人间或单人间的待遇。瞅着机会，我也住了进去，未想到有了一段与鼠相伴的难忘经历。

老鼠的花样很多，加上顶层是谷仓，它们的活动就更加频繁。麻烦也随之而来。

麻烦主要在晚上，特别是在睡眠时间。一到半夜鼠们便特别活跃。胆小如鼠，在黑夜是最惧怕动静的，所以当鼠窜之时，便造出响声，敲击床铺或敲击墙壁。墙壁是木板做的，咚咚的响声特别大，效果也立显，鼠辈们立即安静了。但安静是暂时的，它们只是警惕和观察，并不是惧怕。敲击停止了，它们就又上蹿下跳了。真怀疑它们是天性如此，还是故意要"逗人玩儿"呢。于是只能又敲击，再敲击……寂静的山里，便有了奇怪的声响，但再强大的人也是扛不住睡意的，敲击声便渐渐由大到小，归于安静。人们睡着以后老鼠们又在干什么呢？是欢庆，还是嘲笑，或是招呼着深入寻觅？这都不知道了，唯一知道的是，起床后隔床同伴脚底的老茧被啃去了一块，露出微红的鲜肉，还有他低头摸脚时的诅咒声。

造出响声的反击也是有条件的，只在老鼠进屋时才可使用，隔着楼板就没用了。它们在另一个区域活动，根本懒得理睬你。楼板上面就是谷仓，对于老鼠们来说，简直是天赐的盛宴，一到夜里，便成群结队的会餐，生产粮食的人们也只有默然相送的份儿了。

老鼠在谷仓里闹出的动静可比人热闹得多，是招朋唤友，是通知集合，是体能训练，是饭后消食，是集体舞会，还是向人类示威，鬼才知道。躺在床上，听着细小如散步、轰然如马奔的各种声响，开始还义愤填膺，时间长了，竟也释然接纳，安然入眠。

人的适应力是不可思议的，隔着的闹腾能适应，挨着的接触照样能接受。什么叫挨着？就是老鼠爬到身上，甚至是脸上。夏天还好，老鼠如有进犯之举，警告还方便；到了冬天，住在透风的屋里，就绝无频繁掀起被子哆嗦反击的勇气和耐心了。几日下来，便出现了这样奇异而温和的画面：

正睡着，忽觉被子的局部有塌陷，知是老鼠，猛抬膝盖，接着睡，塌陷感又出现，睡意深沉，抖动一下身体，又睡；毛茸茸的东西在脸上攀爬，猛一甩头，接着睡，又至，抬掌拨走，再睡。

这过程，竟像一位长者与孩子间的和平互动，又像苍蝇小物与牛象大物，小物在大物身体上爬跳，大物则笨拙地甩头，甩尾，扇耳，无奈又无力。

几十年后，回想这一段在小木屋里的奇异经历，恍如隔世，不仅难以置信，更在酸涩之余，惊诧于人在特殊环境里奇特的适应能力。

老鼠是一种奇异的生命，人又何尝不是呢？

生在林深处

一个像雨后春笋般年龄的青年，有旺盛的精力需要释放，便转过屋角，向密林深处探去。

没有目的，只想求一种无人干扰的自由。林木很密，阳光从层层的枝叶间漏下来，形成一束束长长短短的光丝，腐叶的蒸汽逆着光丝流动，夹着滚动变化的尘粒，像金沙一般。

迷幻的丛林激发了青年的冲动，他的身体更加前倾，双臂像划水一样，快速地拨开密集的枝条，又用身体压，用肩膀挪，像有朝思暮想的恋人在前方的某一处呼唤他，又像要摆脱有形和无形的羁绊。其实，他只是想宣泄掉身体里的多余的精力，才与丛林推搡，才与枝叶亲密。

但那一刻，他不再顾及自己的宣泄了。他突然地来到一个圆形的舞台的边缘，舞台的中央长着一棵玉树，密密层层的圆玉裸露于深绿的树叶间，太阳圆形的光柱俯照着，晶莹剔透，熠熠生辉——"杨梅！""白杨梅！"青年的经验里从未看过白色的杨梅，而且是活生生长在树上的白色的杨梅，而且在树冠下落了一地，形成圆形白色地毯般的——白色的杨梅！

青年的身体里没有艺术的细胞，却有肠胃的需求，他果断地踩入玉梅的舞台，迫不及待、欣喜若狂地将手伸向绿叶的间隙。满口生津的同时，忽然察觉手的多余，那树与人的身体几乎等高，于是，他像长颈鹿一样伸长了脖颈，畅快淋漓地在枝叶间搜寻起来。

很快，肠胃的需求和贪婪就满足了，他自然地想起了家人。这是一个意外发现的宝藏，一定要带给家人分享。

背着用裤管做的沉甸甸的包裹，青年钻出了丛林，再小心地分作几个袋子，走了很长的山路，来到公路边等过路的便车。

夏日的骄阳不断升高温度，似乎向这个掠夺者表达不满。袋子里的杨梅开始渐渐脱去鲜嫩，发出阵阵腐味。青年开始挑拣变味的杨梅，心痛地抛在路边。到后来拿于家人分享时，只剩瘫软的一小堆，不禁怅然。

这段欣然开场，黯然落幕的经历，几十年来，每每看见杨梅，青年总会想起，以前多是觉着神奇和有趣，现在有了新的想法：

杨梅在人们的眼里，是水果的一种，自是可以享食的，但在杨梅自身，是树木生长的程序，以及繁衍生息的手段，与水果或果实是毫无关系的。杨梅供人食用，完全是人类的强加；由此还可以判断，将杨梅摘离母体，搬出她生活的丛林，就是剥夺，就是残忍，收获的喜悦只是人类自我的思维。

那些生于母怀的白玉般的杨梅，与母体一道，在密林的深处开花结果，生生落落，自有自的精彩，自有自的节律，虽然只有一方局促的空间，但承接山林之气，醉享雨雾滋润，仰受阳光沐

光阴拾碎

浴，才有形如珠、肤如玉、汁如饴，硬是将他们带离丛林，天地虽然广大，节律却被打乱，精彩也就了无。

  天地和谐，万物同生，风雨如乐，山川悠行，一切生硬的剥离和改变都是不合天道的。

我在排挡的拐角等你

你到了我的家里，
告诉我，
你已退出商场的烟云。
我激动地要好好请你，
你却早已深思熟虑，
先将酒店订在了绿林。

我顺从地开着车子
郑重地赴你刻意的约会。
交警在丁字路口指令我停下，
提醒车牌已掉落在地。

我焦急地疾速驾驶，
车轮却陷进烂稀的泥里。
慌乱中忘记绿林的位置，
散场的客人挥挥手，

光阴拾碎

拐角的地方再向前行。
歪头挑着牙齿,
脸上泛着酒后的红晕。
面熟的会长和局长
亲密交耳,
恍惚里从我眼前飘移。

朋友,
我已不能赶上你的约会,
心里装满了愧对。
为那份满满的话语,
我在排挡的拐角等你。

划拳的声浪
将我推到安静的角落,
弥漫的菜香
唤我想起一同走过的经历。

我们一同将家中的苹果偷出,
一半给我,
一半给你;
我们一同将奥迪的车标撬下,
挂在破旧的自行车头,

双手脱把，

欢呼得意；

我们一同将欺人的混混抱住，

逼他歪嘴啃咬着烂泥；

我们在这间排挡的拐角，

谈论着对姑娘的心仪；

我们在这间排挡的拐角，

对着一瓶白酒，

面红耳赤，

畅辩着人生的豪情，

老板已歪靠在桌旁，

酣然入睡。

不知什么时候，

你做了一个香港人的女婿；

不知什么时候，

我只在梦里想起：

你时而顽皮，

时而严肃；

你一会儿愤然，

一会儿沉静，

让我熟悉又无法辨析，

光阴拾碎

像一片片形容变幻的云絮。

你到了我的家里,
是要告诉我过去的延续?
你用混合着感性和理性的邀请,
是要提醒我有条件的亲近?

朋友,
我要了一瓶同样的白酒,
决定在排挡的拐角等你,
十点三十分,
你若不来,
我便从此离去,
再不等你!

清明，请将忏悔述说

云雾渐浓，天空里飘来温湿的水汽，那是清明在提醒："该去逝者的墓前说说话了"。

提醒其实早就开始。一个月以前，看一本题为《目送》的集子，是台湾作家龙应台的散文合集，作者絮絮叨叨地写，我断断续续地看，内容始终没有离开一个亲情挚爱的故事。

母亲养育了多个孩子，在学士和博士证书贴满家中的墙壁的时候，母亲已经成为一位得了失忆症的风烛老人。孩子感念她，想出了各种办法让她相信晚年不必担心安养费用，他们"制造"了各种银行证明和抚养保证书，目的是可以放大字号，让母亲看到；他们还将签了名的保证书贴满了母亲的屋子，目的是让母亲相信，"我们感念您。我们承诺您所有的需要，都由我们承担"。

感人的故事很多，例如护送母亲回离别四十年的大陆老家，在疾驰的列车上，母亲出现幻觉，惶恐地在过道上走动，女儿将他拥入怀中，用身体的暖度使她"稍稍的安心"；年三十的深夜，母亲终夜不眠，恍恍惚惚，在灭灯的屋里，"从空气中捏取着我看不见的东西"，为转移母亲的恐惧，女儿牵着她的手，在寂静的街上散步……

　　感受着清明的气息，想着《目送》里的故事，感动的同时，一阵阵强大的惶恐，伴着愧悔，向我的心口压来：

　　别人的富有不能得出我们的贫穷，但别人的崇高可以照出我们的渺小，甚至丑陋。这个故事就是一面镜子。它促使我反思起人们祭奠先人的内心和目的来。

　　"清明时节雨纷纷"的天象，我们还可以遇到，但"路上行人欲断魂"的情景已经几乎绝迹，逝者已往，确也不必长久地陷入悲伤，但坟前祭奠、墓前告白的心愿和习俗一律不变，其中的原因是什么？

　　烧冥钱，祭供品，是希望先人在天堂里不受穷，不论天堂是否还有贫穷，其实生者也知道，这样做为的是求自己内心的安宁。

　　还有一族人对着逝者的告白，像送上物品的仪式一样，除了传承孝道、教育后代的目的外，告白的内容或许统一的是两个方面，一是报告儿女平安，事业有成，请先人放心；二是祈求先人在天堂保佑儿女，万事顺遂。

　　物品也好，精神也好，潜意识里实际都是"利己"的，要么为使自己安心，可以安心地继续工作、生活和娱乐；要么为索求，希望亲人在天堂保佑，像活着的时候一样，做靠山和支持，大到事业有成，小到出行顺利。至于在亲人活着的时候，自己是否做到了真的孝敬和关爱，完全不在庄严的祭奠之中，当然，也没有丝毫的负疚和忏悔。

我们真的做到了竭尽全力、发自真情的孝敬和关爱，以致面对先人无须愧悔和自疚了吗？我们真的不需要反思自我，就可以更好地自我生活和使后代更好的成长吗？

我是有负疚和愧悔的。

我负疚和愧悔自己没有尽全力在物质上为父亲医病。知道父亲罹患重病后，我到处寻找药品，连续地从邮局寄出，但也仅此而已，他看病的医嘱药品常常因报销接续不上，需要儿女垫付，我没有给予及时的支持。特别是当我现在意识到，即便拿出的费用会影响自己的生活，在自己全部的资产和消费面前，这影响也只是摘去了锦缎上的一枝花，无关根本。甚至，连摘去"一枝花"的影响都算不上，它或者是少穿一件时尚的衣，少抽一条时髦的烟，或者是彩电退为黑白，汽车降低品牌，甚至，连这些都统统算不上。我要向父亲忏悔。

我负疚和愧悔自己没有在父亲意识清醒的时候，经常给他写信。我没能面对实际已经"不认识自己"的母亲，还庄重书写表达挚爱的文字，真诚地向母亲告白，"最亲爱的妈妈，请您放心，相信我们对您的深爱"，我连有意识的写信，以让病榻上想念远方宠儿的父亲宽慰，都没有做到。我要向父亲忏悔。

我负疚和愧悔自己没有在弥留的父亲身边陪伴更长的时间。我的工作每年都有很长的假期，但我每次只用了很短的一段看望他老人家，理由竟是事业；更要负疚和愧悔的是，在这很短的时间里，我还将其打折，实际陪伴的时间更短。我要向父亲忏悔。

我负疚和愧悔自己吃不了照顾父亲的苦。那是一个年三十的夜晚，父亲是在省城的病房度过的，我从外地赶去，与大哥一道照顾父亲。父亲已经不能自理，我们几乎不能睡觉，从小娇惯的我先垮了，像逃难一样奔向机场，父亲仍在病房。我病得并不很重，因为当天就应岳父的召唤，一起去喝了酒！我要向父亲忏悔。

我负疚和愧悔自己没有牵过母亲的手。父亲走后，我们将母亲接到家里，想让她转移丧夫的悲伤。我还是整日地忙工作，几个月的时间，在绿树成荫的小区里散步，我从未牵着她的手。我知道我们的文化没有传示这种基因，但我们的文化并没有阻止母子手掌相握、肌肤相拥——我没有给予母亲本可以更多的心理和感情慰藉与支持，当然，也没有做到有意识地与母亲琐碎而温馨的把话家常。

我要向母亲忏悔。

我应该忏悔和可以忏悔的事情还要许多。

我们的文化不是一种忏悔的文化，所以我们总害怕羞耻，回避羞耻；我们的文化是一种推崇仁爱的文化，但因为不习惯反思，才产生了肤浅、虚假、索取和自我解脱等的问题，例如所谓"问心无愧"的自欺和自慰，例如"下辈子还做您儿女"的苍白告白，都将以往的过失包起。这些，使我们的心中之爱总不能达到更高的境界。

人或许就是自私和胆怯的动物，需要你牺牲和勇敢的时候，往往就会原形毕露。但人又有虚伪的天性，要使用各种的托词为自己辩护，使自己逃脱，或者在意识里编织一个虔诚歌颂父母的意境，供自己实现圣洁和崇高，最终还是为了放过自己的自私和胆怯。

爱的提升是没有顶峰的，唯有"爱，爱和再爱"的努力，并用不断提升的爱去爱父母和妻儿，以及值得爱的他人，至少，我们应怀有一颗反顾自我的忏悔之心。

清明，让我们将真诚的忏悔，向逝者述说。

天 边

　　明亮宽敞的机场大厅,一位茫然四顾的乘客,他刚刚将仅有的积蓄换作从内蒙古到京城的机票。刚刚结束了一段心事纷繁的飞行,忽然,他游移的目光被电梯上一位款款而降的中年女子吸引,女子儒雅超俗的气质惊艳了他。令他诧异的是,这位女子竟然径直向他走来,呼出了他的名字,聊聊寒暄之后又飘然而去,恍如惊梦。

　　往事如烟云般散聚。他们是三十年前的兵团战友,他们是三十年前的草原知青,他们是三十年来鸿雁断飞的恋人。她成了外交官,刚从国外回京;而他则是个步履艰难的画家,满面胡须,风尘仆仆,刚到京城为事业寻找新途。

　　机场偶遇见旧人,旧情旧事涌心头,多少尘封多少秋,化作词曲慰思愁。

　　这就是歌曲《天边》的由来和背后的故事。故事有名有姓有照片,甚至还有情节后续,女子听说歌曲作者后,专门安排了一场战友饭局,为了证实作者就是那位偶遇的恋人,证实那段已经远在天边的爱情,还有一腔难以名状的人生情愫,于是有了这对恋人别后的再见面。

　　故事虽神奇、感人，却似乎有因加工嫌疑而让人不敢相信，但歌曲不可抗拒地打动了万千人心，被人们接受且珍藏。这首名为《天边》的歌曲真实且准确地代言了人心。人生的美丽和魅力在现实的天边，唯遥远而向往，唯虚幻而迷往，唯纯美而沉醉。

　　《天边》是一首遥远的歌。"天边有一对双星，那是我梦中的眼睛；心中有一片晨雾，那是你昨夜的柔情。我要登上山顶，去寻觅雾中的身影；我要跨上骏马，去追逐遥远的星星。"天边双星是恋人的眼，心中晨雾是往日的情，现实已经消散，遥远的柔眸和倩影导引着作者登高寻觅，策马追逐，向着过去，向着遥远，向着久有的期待追寻。

　　《天边》还是一首虚幻的歌。"天边有一棵大树，那是我心中的绿荫；远方有一座高山，那是你博大的胸襟。我要树下采撷，去编织美丽的憧憬；我要山下放牧，去追寻你的足印。"作者在向着恋人追去的情念之中，完全地进入了一种自造的虚幻情境——绿荫如盖，采撷树下，编织爱的憧憬；放牧牛羊，低头漫步，辨寻恋人的足印，作者给自己服下一剂迷幻药，沉浸其中，不愿自拔。

　　《天边》更是一首美化的歌。"我愿与你策马同行，奔驰在草原的深处；我愿与你展翅飞翔，遨游在蓝天的穹谷。"既是主观的心愿，自然要让它完美的实现，悠悠天地，只此一对久别重逢的恋人，一切干扰全部退场，一切资源尽其拥有——旷野蓝天、骏马阔翼，供一对恋人在天边徜徉，在苍穹翱翔，无拘无束，无羁无绊。

这样一首情歌，说的是"爱的缺失"与"爱的追寻"，这就产生了很大的"吸获力"，所以，《天边》这首歌曲必将成为经典，代代聆听、咏唱。

其实，《天边》的价值不只在爱情。何止美好的爱情在天边呢？人类美好的亲情、友情以及乡情等一切美好的感情与记忆不同样被寄托在天边，被提纯、被美化了吗？

与爱情相同，亲情和友情也一样有现实和理想两种面貌，且都遵循着主观美化的规律。"妈妈，月亮之下，有了你，我才有家，离别虽半步即是天涯。天之大，唯有你的爱是完美无瑕"，这是歌曲中理想且完美无瑕的母爱，而这显然是与现实的情况不能等同的，但唯有"完美无瑕"的念想才能激发晚辈的现实之爱，也唯有这种纯净圣洁的形象才能弥补内心的缺憾以及内心的愧欠。

友情亦是如此。现实之中，完美无瑕的友情终究是不存在的，但可贵的是，人们执着地返诸内心追寻和创造，于是就有了诗人笔下的理想友情："我寄愁心与明月，随君直到夜郎西""桃花潭水深千尺，不及汪伦送我情""孤帆远影碧空尽，唯见长江天际流"，靠着这种心灵之酒，人们在周身流淌的热血中自醉和自励。

古往今来，关于故乡的歌声从未停止，美不美，故乡水；亲不亲，故乡人，谁不说俺家乡好。故乡之情是在离别以后产生的思念之情，在这个朝思暮想的思念之中，故乡已经在不觉之中去粗取精、去伪存真，被逐渐地美化，故乡已经成为"心中的故乡"，思念的山水已经那美化过的天边的山水，思乡成为一种排斥城市物质化、向往自然淳朴生活的精神追求。因此，故乡要回，但绝不可将心想与现实去比较的。否则就一定会落入失望与怅惘之中。

"爱在心中"，美在天边，只是这种飘在长空，留存心间的意想，不过是现实与理想之间的彩虹桥，知其虚幻而沉醉，是聪明，是积极；不知其虚幻又沉醉，以至感慨现世残缺，则是糊涂了。

光阴拾碎

路 拾

那不是最好的行走，
一前一后，
坐在单薄的
电动自行车上；

那不是最好的求知，
双手捧书，
在父亲的背脊后
风驰电掣中阅读；

那不是最好的遮挡，
跪坐在母亲的怀前，
在车把上搭起的棉障下，
如母体中待产的婴儿，
耳边风嗖嗖，
眼前光闪闪。

那不是最好的相拥，
从后面双手抱着父亲，
像抱住一棵铁铸的树，
侧头紧贴，
闭目沉眠。

那不是最好的告别，
学校门口，
父亲用脚做了车闸，
放女儿平稳落地。
她径直地走开，
他雕塑一样，
久久目送，
在晨风里，
在车水马龙中……

贫穷总是匆忙和张扬，
在晨光中，
在落日里，
在风尘中，
在露天里；

富裕总是悠闲和隐藏，

光阴拾碎

在从容中，
在款款里，
在畅享中，
在遁形里。

拥屋洱海
——逃避也是一种追求

人心怪异，一方面排斥逃避，主张进取；另一方面又都藏着逃避的心愿。论起牢固性和普遍性，倒是逃避更贴近人性和受欢迎。更绝的是，逃避之心，富人、穷人，俗人、雅人，年轻人、老年人竟然惊人的相同。难道逃避也是一种值得肯定的追求？

逃到一个山好、水好、民风朴实、少有尘嚣的安静简单处，像一个思想的疯子或弱智的呆子，要么思接千载，满脑子放电影；要么吃睡游荡，满身体享慵懒。避开一切计划、算计，躲开一切人情，世故，像一只放飞的鸟儿，或者像一朵飘扬的絮，这是逃避的人生，还是积极的人生？

逃避是人类祖传的基因，与年龄和财富以及文化无关，富人自不必说，抬脚就逃，利用一切现代化工具逃到一个远离现代化的地方；没钱的人也向往逃，两个年轻人，在旅途中相识，一起辞去工作，到一个好山好水好清净的地方待一年，名曰"间隔年"，放自己一个逃避的假，显然，经济允许，逃的时间会更长；文化人更不必说，古往今来已经将逃避当作一种最高规格的追求。

逃避既是基因，我也不在例外。逃向何处？其实并无具体的目标，在心里一挑选，"苍山洱海"的青翠澄澈便跃入了眼帘。

高原明珠云南洱海，二十年前匆匆地去过，虽是一伙人乘着一艘大船匆匆的一飘，虽是站在船头匆匆的一望，虽是沿着岸边匆匆的一荡，苍山洱海的面庞和气息便成就了心中的梦想：

有卖掉在城里血拼下的住房，到洱海岸边买一处民居安家，与朴实的白族村民静静相处的勇气吗？如是自然好，与城市的纠结彻底了断，做一个彻底的逃兵，从此再无血光拼杀，从此再无得失煎熬。即使舍不下也可圆逃避的梦，年轻，可学那给自己放逃避假的旅人，到洱海岸边找一客栈沉迷；年老，则可以做一只迁徙的候鸟，飞到青山碧水边寻一处"海景房"租住长居，如能老鸟比翼，携手湖畔，犒劳艰苦岁月，抚慰斑斑伤痕，也是温馨。

就坐在客栈前的木质阳台，痴痴地看天空。高原天空的云彩总会跳起变幻的舞蹈，你可联想白族男女的霸鞭舞姿是得了彩云的师传，跟着彩云一起翩跹；你可选择一个游人散尽的傍晚静静地看湖面，如能目遇太阳余晖追光下，蛋清般柔和湖面的孤舟，你会产生天涯遇知音的激动和"终得返自然"的安然。

在洱海边安下身心，特别是卸去了心的服饰和辎重，在与自然的交往中，你可能会得到崭新的发现，而且这发现一定是独一无二，只属于你的，例如你一定会看见湖面上下翻飞，起落猎食的白鸥，天当幕，云伴舞，水如台，鸟语似欢歌，如果你是逃到此地的常住民，或者是避到此地的暂住客，你可能完全不会心生毫无个性的诗情画意，倒是会从白鸥的拼杀中看到日常或往昔的自己，疲惫、恐惧之后，发出终得自由的感叹，揣着这份独特的收获，你会产生另一种成就感。

身心都放松了，好奇心和童心便会回来，越是劳累和年长，越是激烈，两心相融，无论平常从事什么，都有了文艺的气质，这是对规矩的反叛和世俗之累的替代。

例如洱海上空的云彩受了高原气候的影响和湖水的蒸腾，总是多变和浓重的，阳光将浓重的云彩投影到水面，与湖水、草树和渔舟随机地组合，便化出绝妙的山水画，人力想不出，也画不出，让人恍惚和惊讶，给人如获至宝的喜悦，画面消逝，人心也就痴痴地找寻、期待和琢磨。这时候，烦恼即便还在，也成为艺术之苦了，好在洱海就是一块巨大的画布，彩云就是高产的画家，你无须苦寻不着。

"拥屋洱海"，并非一定要拥有一屋，甚至也不一定要"租屋洱海"，这里可能有钱币之涩；放逐洱海也并非唯一的佳地，世间可供疲累受缚之人放松的地方多的是，重要的是应持有一颗挣脱的心，重要的是应接纳逃避也是一种人生追求的观念，关键看逃避的是什么。

光阴拾碎

示弱有时是一种奢侈

人都去哪儿了？街巷变得冷清，闹市几成空城，似乎平日匆忙、紧张、矜持和强大的人群，被天空里发出的一声哨响召唤，忽地闪去。

去山水乡间了，去霓虹冰城了，去海外异国了，但更多的都回到了父母的家中，且都无一例外地回到了弱小的童年和少年。在一扇扇灯火温红的窗里，偎依在母亲的怀间，围坐在父亲的身旁，无论年龄、无论职位，也无论财富，至少，都在心里装着这样的期想。

什么是家？港湾？驿站？故园？其实，从心理上看，这些说法都只触到了浅层。家，其实是最合适示弱的地方，因为父母的眼里只有孩子，父母的心里只有包容和宽容，在父母身边，无论在家外生活、打拼得怎样，都可以任情使性，都可以摘下面具，都可以卸下铠甲；反过来讲，你的真实和示弱，也激发了父母挺起久已弯曲的脊背，焕发了护犊的自信和荣光。一强一弱，两相依仗，温馨和弦里，唱着时光停滞的悠缓的歌，家在这里复原，长幼在这里复原，面具和铠甲丢弃在他乡居所的角落里，于是，人心和情亲如水银泻地，松快而明亮。

示弱，应是每一个人的需求和期想，但老天往往不能满足天下所有人的心愿，因为，父母不能永生，即便还在世间，也要他们还能够拥你入怀，也要他们还有力量做一桌丰盛的菜肴，微笑着，看着你吃相粗陋，狼吞虎咽，或者一边责怪着，一边满足着，将你臭烘烘的衣袜搓洗到洁净和飘香。

他们可能已经在寂寞无声的墓里，只想听到你无论真假都无比强大的汇报。

他们可能已经需要你们去给他们换洗堆积已久的衣被，甚至，需要你们像他们当年喂你们一样，给他们喂食。

他们可能在年三十的夜里，默然地躺在医院的病床上，容不得你风尘仆仆之后稍有松懈。监控病房仪器的灯闪警告你，你没有示弱的权利，更没有撒娇的理由，你要比回家前更加强大，需要的时候，面具和铠甲要重新套上，而且，可能你付出的全部辛劳，他们都不会做出丝毫的夸赞，甚至一道赞许的眼神。因为，可能他们已经虚弱到连睁眼的力气都没有了。

示弱是那样的富有召唤力，召唤着人们无惧千山万水，放下一切，向父母的方向奔去，以至在路途上幻想蹁跹，心跳怦然，但生活总是不愿无条件地纵容人心，要严格地命令你端着一颗紧缩的心，将责任扛在肩头。

有一种回家叫示弱，而示弱有时却是一种奢侈，正因为这样，家更应该要回的，即便回不到从前，即便要担起责任。因为你需要家，家也需要你。

■ 光阴拾碎

共捧夕阳旭日升

2016年4月14日，洛杉矶，斯台普斯球馆，一场弱队间的常规赛，吸引了全世界的目光，只因为有一位"老人"要在这里谢幕，这位老人就是一代篮球传奇——科比·布莱恩特。

其实，这场谢幕从去年11月30日科比宣布退役那一刻就已经开始，科比用他每一次的奋力投篮计算着倒计时，观众也从科比每一次的投篮中计算着倒计时，于是，主场依旧是主场，客场也成为主场，每一次命中，都换来"MVP"的呼喊，竞技变成了礼敬，比分化作万众心潮的奔涌。

一个篮球运动员的退役牵动了亿万人的心绪，与一个传奇有关，更与涌动在人们心底的期望相连。

传奇在于一个人的手指上，带着五枚金光灿灿的总冠军戒指；传奇在于一个人单场豪取81分；传奇在于成为21世纪头十年最佳NBA球员；传奇在于五次获得最有价值球员；传奇更在于他视篮球为生命的偏执，和冲垮一切拦阻的勇气和霸气。

科比留在人们心里的不仅是那些"美如画"的投篮，更有那些比赛场外的动人画面：

那个缠着父亲要去球馆看训练的孩童；

那个对着垃圾桶，数着5、4、3、2、1，练习投篮的小男孩；

那个从意大利归来，孤独自闭，不被同伴搭理，发誓用篮球证明自己的高中生；

那个苦坐在板凳席，为获得更多上场的机会，发誓要成为最好的篮球新秀；

那个撕裂了跟腱，术后用脚趾夹钢珠来恢复机能的坚毅"老人"；

还有那放出毒蛇般凶光的眼睛，以及咬牙至变形的、透着寒气的冷峻面庞。

所有这些画面，都在人们的心里，竖起一尊追求至高、永不低头的高大雕像。

雕像的名字叫"科比"，更叫"人心"。因为追求至高、永不低头，登顶辉煌，是所有人的梦，强者因此兴奋，弱者因此激励，怯者借此慰藉，真真假假之中，人们都将自己当作了伟大的科比，因此，无论美国人，还是外国人；无论年轻人，还是老年人；无论因为爱所以爱的"科蜜"，还是因为恨所以恨的"科黑"，以及还在役和已退役的球员，人们在这个时候，都站到了一个阵营，共同捧着科比这一轮伟大的夕阳，将他送到升起的地方。

于是一路送到了2016年4月14日，洛杉矶斯台普斯球馆。世界的目光聚焦于此，热情在这里疯狂，26500美元的场边票价告罄，连球馆的空气都竞卖到 13600 美元。理性在斯台普斯失去了价值。

科比知道自己的心，似乎也了解人们的心，他拖着老迈的腿脚，带着酸痛的肩膀，运积了全部的力气，从开场哨响就进入了攻击的模式。持球、持球、再持球，投篮、投篮、再投篮，汗如雨滴，眼冒凶光，60 分，逆转，这是人们希望的喷薄。"完美的谢幕！""最完美的告别！"这是人们同声的赞誉。

早就知道这场特殊的比赛，为了尽情地享用这道甜美的大餐，我克制自己一整天不上网，只等夜深人静，只等巨星出场，只等万众欢呼，只等泪流满面。

回放的比赛开始了，科比用他全部的表现将比赛变成了总冠军赛，而不是退役赛。渐渐地，我看出了"门道"，队友持球过中场，一律回头"找科比"，科比则一律照单全收，将球射向篮筐；对手们则坚持绝不放过和绝不压迫的防守原则。

我忽然明白，这是在共同搭建一块日出东方的平台啊，比赛双方，都在合力为巨星的辉煌创造机会，连同着场内外的亿万观众。特别是对方球员，用"绝不压迫"的防守给巨星施展才气的空间，用"绝不放过"的拦阻悄然地表达对巨星的尊重和致敬。

在这样一个特殊的时刻，面对这样一场意义非常的比赛，如果还有人要执着于战术的合理及数据的效率，我们只能将他看作不解风情的"呆子"；在世界都沉浸在幸福的满足之中的时候，如果还有人躲在卫生间用冷水洗头，一脸冷静地鄙视狂欢，揭露科比的丑闻，我们只能将他看作故作理性的"假道学"。

共捧夕阳旭日升，科比值得这样的厚待，世人需要这样的抚慰与喷薄，因为，每一个人的心里都装着一个心愿，它的名字叫——英雄！

光阴拾碎

雨 思

看雨的经历常有，闲坐着看雨，听雨，进而品雨和思雨，却不记得有过。这或也是旅行的另一种收获吧。

雨，你是天上河吧？
从瓦缝间
银线一般流下，
盈盈不息。

雨，你是地下泉吧？
在土石里鼓涌，
跃到云中飘下，
汩汩不停。

雨，你是一架琴吧？
绿树黑瓦
木栅青石

雨 思

碧水白墙
都做了你的琴键，
急缓的旋律和高低的音调
在天地间炫耀。

雨，你是一张网吧？
竖竖横横地飘摆着，
天地都在你的网中，
留出大大小小的孔隙
给生灵们睁眼和喘息。

雨，你是一堵墙吧？
在屋檐下透明地挡着，
将劳累和纷杂隔在了外面，
把慵懒和淡然护在了里头。

雨，你是人心的代言吧？
天地相环通连，
任我自在飘遥，
万物琴键合鸣，
上下左右逢源。

你以网的面目呈现，

光阴拾碎

显影人类生活的经纬
你以墙的形象站立,
守护世间难得的安宁。

闲意静坐
心可如水,
闲耳侧听
乐音纷来,
闲眼透雨,
思可千载。

雨,你是仁厚睿智的使者吧?

不可让尘埃掩盖罪恶
——《来自纳粹地狱的报告》阅读笔记

"必须要让这个真相，离开这里，传遍全世界！"

——（匈牙利）米克洛斯·尼斯利

合上书页，挥之不去的寒冷在我的周身、在我的血管里肆虐地流动。这样的阅读体会，今生第一次。我忽然感悟，地球的极地，在奥斯维辛集中营；世间极致的寒冷，在活生生的人间。

亲历者尼斯利撰写的《来自纳粹地狱的报告》，静放在案头，残酷的画面却不断地从书页间飞出，鬼魅狰狞，冤魂哭诉。

"罪恶可以宽恕，但不可以忘记"，维斯瓦河波涛击岸，六百万个犹太冤魂似乎也在要求我将伤疤揭开，将罪恶再一次昭示。

我决定提起沉重的笔。

冷，寒冷重重地压在犹太囚犯的身上。

尖利的哨声划破死寂的夜空，伴随重锤般的命令，集中营开始了每天的点名。点名是一种刻意的恐吓和摧残，凌晨3点到7点，囚犯们在寒风中站立，从右到左，从左到右，从前到后，从后到前，不断地往复；队伍中出现站立的尸体，被活着的囚犯一左一右搀扶，为了达到"精确"的标准。每天都有因疾病和饥饿死去的囚犯，每天都有五六个，或十几个"站立"的裸体的死者排列在衣衫褴褛的队伍中，衣服是"照例"被扒去的，为的是点名后方便扔进焚尸炉！

寒冷在队伍里穿梭、挤压，直逼人心。

点名和列队是从到达集中营的那一刻就开始了的。"卸货坡道"，专为犹太囚犯设置的"分流"地点，成千上万，面如硫黄的犹太人从闷罐车厢里爬出，便被一个坚定的声音命令集合，一双专注的眼睛在人群里游移，挥手之间，形成左右两列，挥手之间骨肉分离，左面的一列先行离开，一个小时以后全部在焚尸炉里化为灰烬，但集合的人们并不知道未来，包括分在右边的人。

冷，寒冷无情地抽去犹太囚犯的尊严。

"我想起了我的妻子和女儿，想起了他们长长的卷曲的头发，想起了她们时髦的穿着和高雅的品位，想起了她们常常在一起讨论那些对她们极为重要的女人的话题的悠闲的时光"，这是作者尼斯利在集中营里思念分离三个多月的妻子、女儿的心理活动。

但妻子和女儿是否已经死去？即便活着，形貌也早已不再，更无关高雅。

C营，关押女囚的营地，时髦的穿着已经在强行的"沐浴"前被剥去，换上了"连还有自尊的乞丐都嫌弃"的灰色条纹囚服。最被女人看重，也最能显示女人骄傲和特征的长发已被剃光，营房的空地，或行，或坐，或躺，都是光头的弱体。

营地紧挨着焚尸场，隔着铁丝网，她们可以看到高耸的红砖的方形烟囱，十几个烟囱，夜晚冒着火光，白天冒着黑烟，焚烧尸体的焦味整日弥漫。她们已经不再有"优雅"的意识和期望，唯一还剩下的敏感是肌肤的痒痛，她们正自己或为同伴捉着虱子，"裸露的身体污秽不堪，长满脓疮"。

饥饿、羞辱、死亡，已将人的尊严耗尽，剩下的只是躯体的本能，他们已经是活着的死人。无论悲愤，都无法表达和平年代人们的心情。

寒冷每天在集中营里上演。

一号焚尸场，集中营恶魔的代表门格勒博士，为了证明犹太种族的劣等根性，命令作者、法医出身的尼斯利解剖一对残疾父子，为了将骨骼标本送到德国的博物馆展出，党卫军二级队长竟然极富执行力地用铁桶"煮尸"，令人心扉崩裂的是，两个排队将要走进毒气室的囚犯，竟因饥饿，猛地伸手从铁桶里捞起皮肉狂噬……

万物灵长，尊尊人类，竟然被疯狂的纳粹残害至此，而且是聪慧、卓著的犹太民族，而且是在 20 世纪 40 年代的现代社会，让人在悲愤之余，不禁抚卷长思。

冷，极致的寒冷突出地表现在屠杀者身上。

集中营里的屠杀者由两类人构成，一类是纳粹党卫军，他们是命令的发出者、监督者和执行者，是真正的凶手和恶魔；另一类是被命令执行剥夺犹太同胞财产和生命的囚犯——"特遣队员"。

令人不可思议的是，无论党卫军还是特遣队员，在执行掠夺和屠杀行动的过程中，都表现出"工作时"的平静和严谨，他们制造了集中营的寒冷，更大的寒冷。

门格勒，集中营的主宰者，一个研究人种学的医学博士，正在为一位囚犯母亲接生，他是学者和恶魔的混合体，眼神专注，大褂雪白，步骤严谨，在严格遵守无菌操作，完成一个新生命的接生后，小心翼翼地剪断脐带，但在半个小时后，平静地亲手将这位母亲和出生的婴儿送进焚尸炉。杀戮，也是他完成"医学研究"的组成部分。

一位年轻的母亲，牵着的两个年幼的孩子，排在通向毒气室的队伍中，一堆用于烧热焚尸炉的柴垛给了她求生的念头，她们藏在了里头，整整三天，滴水未进，被发现时几乎不省人事。她们被带到焚尸场的首领墨斯菲尔德跟前。母亲知道将要发生的结果，用尽全身气力跪在他脚下，请求赦免自己和她的两个孩子，她哭泣着，说自己在一个犹太区的工场为德军做了五年衣服，"她仍愿意劳动，只要让她活着，她愿意做任何事情"。墨斯菲尔德面无表情，"不容置疑"地抬起手臂，将子弹射进了她的后颈，包括十岁和十二岁的孩子。

杀令，对党卫军是一种不容思考的"天职"。杀戮，对"特遣队员"则是一种不得不完成的"工作"。

奥斯维辛集中营里设有分工明细的"特遣队"，其中负责焚烧尸体的特遣队员，活期为四个月，四个月后，一律要被接替的特遣队员扔进焚尸炉，因为他们是纳粹罪恶的见证人。关闭毒气

不可让尘埃掩盖罪恶——《来自纳粹地狱的报告》阅读笔记

室的铁门，立听撕心裂肺的嚎叫，搬运被毒死的尸体，焚烧自己的同胞，包括自己的朋友、亲人，甚至妻子、儿女，在党卫军的机枪和猎犬的监督下。昼夜轮班，面对白花花姿态扭曲的裸体；电梯上下，像繁忙的运输牲畜的屠宰场。特遣队员是真正的"活死人"，每天在模拟着自己的死亡，在杀戮同胞和亲人的过程之中。他们被逼迫每天从事杀戮，他们被逼迫每天面对尸体，唯有"工作"可以苟活，唯有"麻木"才能活着。

冷，寒气弥漫在集中营的空气里。

集中营就是杀人营，集中营就是"灭绝营"，集中营的管理和运转就是"杀戮"！成千上万的犹太人，在这里化为灰烬，变为冤魂，以致空气里都弥漫着凶杀的寒气，以致日夜弥散，成为"平常"。

书中描写了一场足球赛，单纯看去，像和平时期里一场平常的球赛。党卫军对特遣队，这是一种多么奇怪的对阵？但没有人这样认为。哨响，球赛按规则热闹地启动了，球员在奔跑，观众在呐喊，伴着欢笑。但球场是焚尸场前的空地，周围是密集的高压铁丝网，边上是站着警卫的瞭望台，焚尸炉的鼓风机在轰轰作响，十几个高耸的烟囱在冒着黑烟！

麻木与生命的消逝同在一个空间，是不协调，还是协调，其实并无人去思考，人们需要的是消除单调和恐惧，但谁是罪人呢？都这样平常和有序地进行着？

欧洲战场的硝烟，奥斯维辛的寒气，消失已经七十年了，七十年前的那场疯狂和罪恶已经遥远到令人恍惚，但疑问仍像运送犹太囚犯的长长铁轨间的铆钉，虽生满锈迹，却根根坚硬；蜿蜒波兰大地的维斯瓦河，久久不入波罗的海，似乎还在替六百万个犹太冤魂告诫着和平时代的生者？

我无意抒发诗人的情怀，甚至无意为冤魂们祈祷，只是希望人类理性的旗帜高擎，只是希望生者不忘历史，人类不让偏见和专制扭曲和主宰！

边门之痛

青春驻足的地方,一定会让人长久怀念。"边门"就是这样一个地方。

边门,南方某省会师范大学围墙上开启的一扇门,门是铁质的,很窄,但通向一个热闹的去处——边门一条街。在这条小街上行走过的学生,不知要用多少万计了,这个数量现在还在增加着。

清楚地记得,20世纪80年代,物质生活和精神生活都还很贫乏,校园又偏于郊区一隅,成千上万青春勃发的学生,在夜幕降临的时候,除了几对关系已经明确的恋人,要选择昏暗僻静处窃窃私语外,其他的人大多会三五成群地向边门走去,到小街的"灯火阑珊处"集合。其实,集合是因为街道狭窄,汇聚在街上,像集合一样。学生们到边门是各有选择的,或者选择吃,这是很重要的项目,那时候,国家还对师范生免费,吃饭是有补贴的,因此吸引了许多来自农村的学生,但食堂的伙食对于缺少油水的学生自是不够,到街上的小店里打牙祭就成为心往的事情。三五个要好的同学围坐一桌,点几样小菜,再要几瓶啤酒,在满屋的菜香和锅勺相碰的音响中,合伙地欢乐,既满足了肠胃,又排解了单调，如果还有女同学在场，推杯、说笑中夹杂着暧暧昧昧的空气，就更是愉快了。

说到吃，要特别说说边门的蛋炒饭。米饭是在水里煮过，在蒸笼里蒸熟的，粒粒晶莹、互不粘连，一把圆口的长柄铁勺将猪油舀入铁锅，待油香散出的一刻，前后将鸡蛋、米饭、葱花"乒乓、乒乓"地混炒，接着铁锅向食盘中一扣，便将食者的眼睛和味蕾都吸去了。蛋炒饭的绝配是豆腐汤，一种味道很正宗的豆腐，切成整齐的小方块，加入青白的葱段，再撒入猪油，真是清甜可口，回味无穷。

到放映厅看录像也是重要的选择。在那个没有手机的年代，街上的录像厅可是极有吸引力的去处，隔着厚厚的门帘，就能听到绵柔的音乐和悠缓对话，那是在放映琼瑶的台湾爱情剧；"嘭、嘭——呵、呵"的沉闷声响，那是激烈的武打片；还有男女生的混沌的英语对白，自是新奇的外国影片。付上很少的钱，在黑暗的空间里一坐，人便到了另一个世界。

吃饱了，说够了，看完了，再去开放的教室读书，或倒在床上无边地畅想，一身的轻松，一心的满足。

边门，就这样不断地呈现着青年学生的跨进、跨出，像电影一样，胶片留在了千万学子的心里，不管过去了多少时间。

我就是其中的一个。毕业将近三十年，"边门"一直在心里开着，包括那个留下我纷乱梦想的校园。

丢不下，便决定带着妻儿去"找青春"。

校门比以前光鲜，但校园已经苍老，让人心堵的是她竟然表现出不修边幅，这是令我难以接受的。路面多处开裂，原来绿草的空地多处被后盖的建筑填堵，宿舍楼裸露着晾晒的"万国旗"，校园面色灰暗。初见的激动变成怆然，便更想早点见到"边门"了。

沿着教学楼下一小店老板的指引，终于看到了依然熟悉的边门，急切地跨入。

眼前的所见让我陷入茫然。这还是我那常入梦怀的边门吗？

小街以前只是边门向左的一段，现在已经向右延伸，且出现横向的多条，因此街道比以前更长，店面也比以前更多，错错落落的广告，嘈嘈杂杂的音响，纷乱不堪。

抬头望去，广告和店名是陌生的，"美甲、美瞳、纹身、修眉"，拥挤着，争抢着入眼，还有韩文写的看不懂的店名；低头看去，烧烤摊拾步即是，冒着刺鼻的焦味；耳边不断地传进叫卖的高音："内裤，十元五条，文胸，十元一条……"脚下油腻、污水横流，人流却如潮水，多是青春的学生面孔，兴致勃勃地站在纹身店前、衣饰摊前、烧烤摊前，更有边门内外不断进出的身影。

没有了，那间可以炒出诱人蛋炒饭的饮食店，那个掌勺的、说着硬硬普通话的店老板，那间用声音吸着你跨入的录像厅，还有下坡拐角的书店，还有缓缓的热闹，缓缓的清静，以及绰绰灯光下，缓缓的青春的身影……

失望，折回。

走吧，校园不可留，边门更加不可看！

我无法解释，只能记下这边门之痛。

最是女人到中年

中年是山腰上的观景台，
低头回看，
群山俯首，
顶礼膜拜；
翘望山巅，
艳阳当空，
金光灿烂。

中年是草原绿坡上的羊群，
步态雍容，
洁白丰腴
一派成熟的从容。

中年是秋天的红叶，
冷风中延续着春光，

落叶里绽放着笑颜
演着彩色的乐观与坚强。

中年是蓝天上的一弯霓虹，
做希望的桥，
托后辈行走，
披七彩的衣，
为自己风流。

中年是一首深沉的歌，
抹去了浮躁的音符，
增添了厚重的激昂，
情悠长，
也悠长。

| 光阴拾碎

囧　遇

　　赵凡终于结束了在北京的进修，头脑里和本子里装着一大堆"专家说"，顶着严寒，到热得要脱衣服的商厦里买了许多的衣服，要送给家人，然后兴冲冲踏上归途。

　　他挤上了一辆满是乘客的汽车，刚在靠车头的过道像俘虏一样要蹲下，便有一个黑脸的男人从人缝里向他伸出手臂，"包放在后面！"赵凡以为是车上的工作人员，也以为"包放在后面"是乘车的规矩，便将旅行包递给了黑脸人。

　　汽车在土路上摇晃着，不知过了多长时间，也不知为什么自己就到了站，恍惚着起身随乘客下车，忽然想起自己的包来，但包和黑脸人已经没了踪影，他心里立刻恐慌起来。

　　"到汽车站去问"，他首先想到这一点。下车的地方应该是车站，但没有看到任何的车辆，抬头巡去，建筑上也没有"汽车站"或"长途、运输"等任何相关的字眼，见到几个穿工作服的年轻人围坐在一张桌子前聊天，便走过去问，他们投来的迷茫眼神让他陷入彻底的恐慌。

　　走到街上，他才发现，这不是他要去的熟悉的城市。这是一个像县城的地方，店铺、行人，以及声音都给人以嘈杂感，他感觉到耳膜被一种东西压着，本能地要找安静的地方。

他拐进了一家饭店，想找一个包间好打电话，向家里报告"变故"。

但包间里都是客人，酒菜混合的腻味向他扑拥过来，他向一个老板模样的人询问，老板忙得满脸冒油，随口说道，"看看后面"，他终于走进一间空着的包间，哆嗦着按手机的按键，但怎么都按不准号码，这时发现包间里还有母女二人，那母亲像自己常去的发廊的老板娘，客气地说，"到其他地方去问问"，一边哄着吵闹的孩子吃饭。他急着按手机，按键变得很小，跳着捉摸不定的蓝光，无论怎么都按不住……

胸口像赛马场，刚被凌乱的马蹄踏过，他觉着自己喘不过气，便推开紧闭的窗户。一阵清凉的空气吹来，他睁开眼睛，看到屋顶熟悉的吊灯，才发现，自己刚才是做了一场梦。

他仰面躺在床上，思维却像纷沓的马蹄，无法停歇了。

上初中时候，他去上公厕，去的时候下雨，起身的时候停雨，第二天才想起雨伞落在了厕所，以最快的速度跑去，伞已无踪，便在草丛里捡起一块断砖，在划迹斑驳的墙壁上写下，"丢失红伞一把，请捡到的还我"，还落了款，却没有写失物送还的地址。等了几天没有下文，只好作罢。"失物启示"在墙壁上留了很长一段时间，每次去都照面，后来厕所被拆了。

一天也是下雨，在拥挤的菜市场里，他刚骑上车子，车轮刚刚转动，便缓缓地碰到了一位缓缓倒下的老人。

光阴拾碎

他至今还记得当时的情形，车把被一个胖胖的老人抓着，四只眼睛相互注视，两个身体一高一低，做倾斜状，像舞蹈中的恋人。老人的女儿走过来，一脸惊恐。

提着水果上门道歉，才知道老人已八十高龄，他现在想来还哆嗦。

在那个本科录取还是按个计数的年代，他培养的学生登门道谢——门开，学生在门口递上一袋水果，"进来，进来！"他欢喜而儒雅地说，期待一次关于师生情谊的愉快交谈。"不了，还要去别的地方"，学生转身匆匆下楼，学生的同学在楼下等着。他看着茶几上困在网袋里的水果，好几分钟无语。

办公室的电话发出惊人的铃响，"你好，我公司新推出……""不需要，谢谢"。这样的电话很多，他立刻将话机盖上。

电话又惊人地响起，拿起电话，"你为什么不听我说完？你要尊重人！""我……"他选择将话机再盖上。端坐着，长长地喘了几口气。

以后的一段时间，每到周末，他的手机都会收到一条相同的短信："走过一些路，才知道辛苦。登过一些山，才知道艰难……"开始他以为是诗，待看了下面，气从中来，又不知何去——"我相信我的辛苦守得云开见明月，我还是会祝福您天天开心——一个期待您回信的夏天。"

如同遭了梦魇，赵凡开始害怕听到电话铃响。

春花秋月何时了，囧事知多少。囧，似乎是人生的失意的伴侣，"谁都遭遇过，却又躲不开"。赵凡忧天悯人的习性又起来了，思维便荡开去，想起天下人的遭遇来：

责任在心，登门劝说闹离的夫妻和好，闹离的夫妻却硝烟早散，还秀起恩爱；卖了房子，房子涨价；买了股票，股市大跌；熬到晋级，刚刚超龄；见到梦中情人，面容憔悴得如同生人；还有热情如火地向同事打招呼，换来一张死寂的脸；偏偏住在马路东面，孙子就进不了公办幼儿园……

赵凡的思维像牵着无数的风筝，满天空地乱舞，突然眼前叠进一个黑脸的男人，提着他的包拐过墙角，他猛地一惊，才意识到只顾耽想，差点忘了上班的事情。

连忙从床上跳起，穿衣，套鞋，一只脚忘记穿袜子；洗脸，刷牙，牙膏偏偏掉进盥盆里。狼狈地夺门而出，向车站奔去。

赵凡是我多年的朋友，得意和失意的事总爱跟我说，而且眉飞色舞的，上面的故事就是他喝酒时向我描述的。至于故事的结局，例如有没有迟到，有没有扣工资，他没有跟我说。

三周后的一个晚上，手机里收到他发来的一条微信，是一首经他篡改的打油诗：

小城囧事多，
充满苦和乐。
若是你到小城来，
收获特别多。
看似一幅画，
也像一首歌，

光阴拾碎

  人生遭遇真善美,
  这里已包括。
  谈的谈,
  说的说,
  小城囧事真是多,
  请你的朋友一起来,
  一起来说说。

  一段时间没联系,看来他又遭遇了囧事。这回不知是什么原因,只听说他刚参加了一次大学同学聚会。

怎么了，就这样远远地热乎着

夜空里传来孩子凄厉的"哭救"声，感觉异样，便冲出去，原来是隔壁夫妻打架，机灵的孩子在用哭声求援，因为看到我们出现，她便立即止哭，转身进屋去了。

妻子仍在劝说，我走到小区里的空地。高耸的建筑摆出黝黑的身躯，零散的灯光从窗户里映射出来，小区沉浸在睡眠之中。

高楼里几十户、几百户的住家，如果摊开来，铺成各有篱笆的庭院，一定是人烟繁盛的村庄了吧，但现在叠起来，架在像集装箱一样，开了口子的高楼里，哪怕是近在咫尺的邻居，十年、几十年也可能只是点头之交，姓甚，名谁，可能都模糊，真可谓近前菜香可闻，老死不相往来，人心的距离大到无边。

是建筑的格局将人们拉开了距离吗？但真的化楼为院，远近邻里们就会无拘走动、热情交往吗？

或许是时代真的变化了吧，人们的隐私意识被唤醒，自立的能力变得强大，情感的支持已经不再需要社会群体的外援了？又或许是人们都修炼到一个淡定的层级，无须在"存在感"上劳心费神，人类已经进步到云淡风轻的境界了？

但世界的另一个侧面将以上的分析砸得瓦砾遍地，这个侧面就是热闹非凡，风光无限的微信世界。

近两年兴起的微信仅从参与人数就可以看出其火热程度，据统计，中国有六亿多人玩微信，如果将每日看微信的次数加入，不知有多少亿条。微信里最热闹的是朋友圈、微信群，简直将世界变了天地。以我而言，最大的发现是彻底推翻了自己以往对人心的揣测，原来以为人们的精神世界已经高歌猛进，现在知道，不仅停滞不前，而且情况危急，同胞正在脆弱孤寂之中。

于是"晒事纷繁"。晒食物，包括将要吃的，和已经吃剩下的；晒照片，包括美图"秀秀"过的人像照、风景照，以及各种行迹照；晒猛料，包括惊人的新闻、吓人的事件，且常要提醒"很快要删"；晒雅致，摆一Pose，拍一湖柳，写上一两句特文艺或特大师的文字；晒作品，包括写的、画的、做的、种的。总之，凡此种种，无不在告诉世人，我很忙，很充实，很快乐，很富有，很文化，也很无所谓，一句话："美得要死！"

于是"看晒事"。大江南北，城乡处处，高楼矮院，客厅厨房，男女老少，工农商学，一律低头，无数次地看晒事的回应，甘苦忧喜，风起云涌。

还有群里的聊天，真是做到了"早问候，晚问安"，熟悉的，不熟悉的，只要是认识的，或似乎认识的，一通都有"想死你"的思念、"恨死你"的熟络，以及"爱死你"的欣赏。

为什么同是一群，在现实世界和虚拟世界，会是决然不同的两个模样呢？恐怕这要极有造诣的社会学家和心理学家才能说得清楚，我作为微信里的普通一个，借着一点摇摇晃晃的知识和自我的体会，在两个世界的"冷暖气流交锋"中，看到的是同胞的"玻璃心"。

社会差异的凸显，自我意识的觉醒，将人们的心理平衡打破，自尊心和虚荣心急剧上涨，现实世界出现了防护性疏离，随之而来的是疏离所致的落寞，包括显贵的落寞和凡人的落寞；社会存在和自我实现的心理需求像堵在围堰里的洪水，亟须找到释放的豁口，微信的适时降临，给人们郁结的心理开出了一块奔泻的天地。

如果是这个原因，我们就可以尝试着对纷繁的世相做出解释。

为什么"晒事纷繁"？"晒"这个词用得极妙，将欲望和心愿摊开来，暴露在阳光底下，供人们观看或观赏。因为被平凡者疏离，成功者缺了掌声、少了陪衬，产生了"养在深闺人未识"的寂寞，所以要晒；因为不被成功者待见，成功的梦想又不断地嗞嗞作响，产生了焦虑的落寞，所以要晒。而微信慈怀，提供了编辑的便利，制造了剪辑的幻象，恰恰满足了人们"表现"的心理——从微信里看，"好像所有的人都活得不错哟"，微友们的感叹正说明了问题。

为什么群聊火热？"村里开会了！"这张在聊天群里常出现的动态图片，透着谐趣，更生动地反映了人们急于交流的需要——群聊，是对现实世界以人为墙、以邻为壑的弥补，人终究是群居的动物，其社会属性是希望沟通和交流的，矛盾的是，现在的人们，一边揣着交往的火，一边又被傲慢与自卑，或防范与敏感所致的铠甲包裹，处于一种难受的"困境"之中——去虚拟的群里吧，虽是面对真人，但毕竟隔着网络的面纱，远我的时空，想聊即有呼应，独坐也有人群，显摆就有旁听，"爱你"也看不到眼睛，真是消寂、倾吐的好地方。

但虚拟世界里的人群毕竟是现实世界里的真人，真实的面貌便不可能不反映出来，于是出现两种很有意思的现象，一是微信里"点赞"的人多，批评、反对的人几乎绝迹。真要叹服那些发明微信的人，一个理科的头脑竟然装了文科的思维，洞悉了现实世界人们喜欢赞扬、逆反批评的心理，只是希望那些被点赞的人不要陷于赞扬的云雾而忘乎所以为好。

想起在一个"领导群"里遇见的奇特现象来。这群里都是一些有职务的人物，群因群友的共同领导要求建立，因此只能叫作工作群。一个有数十人的大群，建立以来一直悄无声息，谁也不在群里发信息，哪怕完全是工作的内容，一日群里的共同领导终于发声，发了一张单位获奖的照片。群里顿时间全面复苏，点赞频频；更有意思的是，大家都只发送点赞的图标，全无只言片语，而且随后又陷入沉寂。这就看出人心的隔阂、功利和虚假来。对这种现象，我是几觉着好笑，又真心的佩服。

更有意思的是"点赞"的冷暖反差现象，搅得一些人百思不解，极端的还走向了"反目为仇"。既是"朋友圈"，不是亲人，就是友人，至少是关系亲密的人或熟识的人，既然微信只有点赞的功能和点赞的"规则"，照理，我晒了，你就应该赞（其实就是一个图标）；你既然嫌动指头累，你为什么频频要给其他的人赞？你是不在乎我，还是故意不在乎我？虚拟世界外的现实世界里，一片纠结和愤懑。其实，这不过是虚拟世界不小心将现实世界显了真相，放大了亲疏，暴露了类群，也是一件很好的事情。所谓"无边落木萧萧下，不尽长江滚滚来"，现实江河的淘沥和流淌才是真实、有益，值得我们去关注的。何况，有些点赞不见得是真赞，当不得真的。

我们还是应该关心现实世界的温度和生态，毕竟，这才是我们呼吸和成长的真实土地。

微信的发明，给我们带来了巨大的福利，寂寞之时，聊可有伴；思念之时，银河无碍；援助之时，一键通达；得意之时，广告即成，等等这些，我们是要真心感谢的，但不能偏执于虚拟世界里的亲热和睦，在现实生活中却有的冷漠疏离。

我的愿望：交流，你就开口；亲热，你就相拥；真诚，你就卸甲。真幻对冲的人生，是人格撕裂的人生，无论对自己的心态，还是社会的生态，都是不利的。

火红的提醒

在南方看凤凰木开花已有几十年，也只是偶尔视线被吸去，心里漾起一阵怦然，便掉头去想其他的事情而已。

日前乘车下班，一朵红云迎面将视线吸住，恍惚之间，才发现房前屋后，路边拐角红云簇簇，浓艳的红花在浓绿的树叶衬托中，爆炸一样盛开了。

"叶如飞凰之羽，花若丹凤之冠"，凤凰木的叶子和枝干都很美，即便到了秋冬季节，花去叶落，枝干也保持着凝固的舞姿，像雕塑的舞者，但在狂放的红花面前，已被挤出了人们的视线；花已经像喷出的岩浆，在蘑菇状的树冠间爆炸，流动，新的岩浆似乎焦急地涌出，以致一边喷发，一边流泻，在树的底部铺出红色的地毯，上下呼应，像花的倒影。

花开得艳，开得密，更开得猛，像要呼喊人们注意她一样。

凤凰木为什么要选择万木葱茏、花开四野的夏季绽放，而不是万木凋零的冬季？冬季绽放不是更容易凸显其娇艳的面容和婀娜的身姿吗？凤凰花为什么要开得这般猛烈和焦急，从从容容，不是可以显示她的高贵吗？难道其中藏着另外的玄机？

一个声音从远方传进我的耳朵："凤凰花是森林增派来的使者"。

遥远的声音在我的意识里起了神奇的作用，眼前密集的高楼、道路，随着匆匆的行人快速退去，我已身处茂密高大的森林之中。

我忽然想到，在人类靠了天地的恩赐和自身的努力，渐渐强大，成为地球的主宰的时候，森林客气地退居高山峻岭，将肥沃的土地让给了人类，让给了屋宇，让给了桥梁，让给了运河，让给了孩童嬉戏的乐园，只留下少数的成员完成帮助人类遮阴、怡情的任务。

但人类坐在领主的宝座上时间太久了，"习以为常"的习性便滋长起来，不免要自大，不免会无视和轻视身旁和身外。几十年凤凰花开，几十年目光相遇，我不是就匆匆一瞥、匆匆而过吗？

我知道森林选派凤凰木来到人间，并设定在炎夏开花的原因了，她是在提醒高傲的人类，地球上的邻居并非只是人类，人类也不只是单一的个体，虚怀、感恩和包容才会增进生命的和谐，人类才会更加健康和强大。

我的眼前出现了一个隆重的场景：凤凰木将要出使遥远的南方，森林的首领在绿树搭起的帐篷前嘱咐着使者：人类为地球创造了神奇的活力，要爱护他们，但他们有些感觉迟钝了，夏天的烈日又加剧了他们的迟钝，普通的花树已经不能提醒他们的自我认知，你们去吧，在炎热的夏天，在人类为自我奔波而浮躁的时候，你们选择一个夜深人静的夜晚，或者一个太阳初生的早晨，统一讯号，一齐开放，尽展你们的浓烈和娇艳，并至少绽放九十天才可停歇。

凤凰花浓择时开，树树红绿树树言，待到红消绿飘零，总把善念种心间。

我要真挚地感谢那火红的凤凰花了！

真情依然在那儿

问世间真情何在，恐怕是现今很多人的感叹和疑问，中国台湾地区歌曲《绿岛小夜曲》的流传或能形象地回答。

《绿岛小夜曲》广为传唱，经久不衰，但在这样一首脍炙人口的歌曲背后，曾有过一场激烈的争论，其一是作者之争，有人说是台湾地区中广电台的潘英杰，有人说是关在铁窗中的囚犯；其二是地点之争，有人说绿岛就是台湾岛，有人说绿岛是台湾东面的离岛，又名"火烧岛"；其三是意旨之争，有人说是多情男女倾述相思之情，有人说是暗指蒋氏政权，歌词"这绿岛像一只船，在月夜里摇呀摇"，是说蒋氏政权之船将倾；其四是情节之争，歌曲先是在当时的"马来亚"唱火的，当地媒体演绎了一个争风吃醋的囚犯表达爱意的故事，另一个说法本人可用亲身经历来说明：

一个风和日丽的日子，我正坐在行驶于台东花莲公路的车上，窗外是碧波荡漾，一望无际的太平洋，这时车载音响流出了《绿岛小夜曲》的柔婉旋律，我正沉醉于旋律营造的意境之中时，地陪小伙儿给我们讲述起歌曲背后的故事来："……歌里有一个爱情故事，窗外就是太平洋，那里有一个长满椰树的小岛，就是绿岛，绿岛在禁严时期是关押政治要犯的地方，有一对年轻恋人也关在那里，男女囚犯是分开关押，禁止往来的，男的见不到恋人，在牢房里写下了这首歌……"故事讲到中途的时候我就激动得几乎战栗了，以前只是陶醉于歌曲的柔情，现在则因其凄美执着而震撼了，那时候，感情全面地占据了理性，对此传说的真实性与合理性别说思考，连一想的念头都没有，时过数年，虽心已平复，仍认为将理性稍稍请出都是对美好的亵渎。

  对以上争论，其实看看资料，再稍加思考，答案不难得出。说起来有趣，歌词是潘英杰写的，曲是周蓝萍配的，当年在台湾地区刊出时就写得明白，本无须争论，记者后来专访过潘英杰，他已经说得很清楚：当年创作《绿岛小夜曲》的缘由很简单。1954年盛夏某夜，他们在单身宿舍聊天，谈到外国有许多脍炙人口的小夜曲，但华人尚缺，喜爱文学的潘英杰建议以"抒情优美取胜"的小夜曲来创作一首流行歌，得到周蓝萍的和声。潘英杰说，他当年一到台北，看到高大的椰子树，觉得很新鲜。此外，他觉得台湾是个绿油油的岛屿，因此歌词中的"绿岛"指的就是台湾岛。潘英杰把歌词交给周蓝萍，正处热恋的周蓝萍看了相当满意，有"深获我意之感"，在爱情甜如蜜的企盼下，立刻谱成《绿岛小夜曲》。这是一首以"绿意盎然"的台湾地区景观为背景，描写恋爱中男女的患得患失、起伏不定的心情的歌曲。

  一个本无须争论的问题却争得沸沸扬扬，且旷日持久，排除政客神经过敏的臆测不值一谈外，在于两类人的思维不同，一类是可作为笑谈的"考据思维",例如"火烧岛的典型植物不是椰子树","用于监管的囚室不会有窗帘"等,这类人犯了一些读书人的傻气,与质疑李白没有量具怎知瀑布有三千尺一样可笑,忘记了文学作品讲"情理"不讲"学理"的常识,或者是虽未忘记,却"好为人师",以此来消除寂寞。另一类就是广大的民众,他们其实无意于参加争论,他们从心底愿意相信那个凄美的故事,他们将更多的精力投入一对恋人的绵绵倾诉之中,沐浴在明媚的月光里,尽情地接受人间真情的陶冶,并无尽地辐射、拥抱着父子情、夫妻情、朋友情,他们是在用喜爱回应争论。歌曲不因争论干扰而传唱就是明证。

问世间真情何在,答案已经明了——在人们的心里。但为什么会有这样的感叹和疑问呢?这或可借同是台湾地区歌曲的《酒干倘卖无》的两句歌词来回答:"从来不需要想起,永远也不会忘记","从来不需要想起",放到实际生活中,可以有两层意思,一是时刻在心头,所以永远不会忘记;一是看似已经忘记,其实深埋心底,永不可磨灭,后一层或许是人们生疑、感叹的原因之一,原因之二就不得不引起我们的警惕了,因为物质的强势、物欲的干扰、虚荣的上升、生活的奔波,真情像一块箱底的美玉,被掩盖、被挤压了,但美玉依然在那儿,永远无法忘记。

说到此,关于真情的感叹可消,关于真情的疑问可除,等待我们的任务很明确:带着乐观,揣着警惕,去翻整,去擦拭,去供奉。

爱在自然

望着雕塑顶端象征生命的银色水滴，常有一张照片飘入眼帘，定格，又展开：

23日，英语中考。下午，考生已进考场，《让我们荡起双桨》的天籁乐曲滋润着校园。

"虫子！蜘蛛耶……"硕大如盖的橡皮树下，一个穿红短裙的小女孩示意我过去，女孩的示意发出强大的吸力，我同她一起俯下身子寻找让她惊喜的虫子，"应该是她！"直觉告诉我她的由来和身份，我心生激荡，已无意她的"虫子"。段长恰在走廊，俯视着我们的一幕，含笑的眼神证实了我的判断。

女孩是初三李老师学生的妹妹，母亲走了，打工的父亲无力兼顾，选择阻止姐姐中考，让姐姐承担母亲的"监护"之职，姐姐无力和哭泣，李老师焦急和流泪。"去！派车去接！"我说，"我们去！"两位老师一道前往。怀着身孕的班主任李老师和周段长去寻找和召唤了。

保证学生参加明天的中考，李老师的方案让我震惊又感佩，他们一并将学生的妹妹也接来了。"晚上怎么办？"我关切地问。

"住我家。"李老师轻松地回答。"要考虑安全。""我都安排好了。"李老师笑盈盈地说。"你有身孕，结婚不久……"我在心里感动又担心地想。于是出现了这样的情景：姐姐在考场，妹妹在校园。姐姐在答卷，妹妹成了全体教师的孩子，糖果、问候、绿树、蓝天，小女孩不明白为何突然掉进了温暖。我至今还记得她满足和喜悦的眼神，"虫子！蜘蛛耶……"

考试结束了。闪烁着柔和银光的高大雕塑前，学生们喜悦地合拍毕业照，在充盈关爱的校园留下永恒的纪念。到姐姐的班级了，小女孩也出现在队伍里，似乎以为理所当然，但不知如何站位，正茫然着，我转头看到她，心里一个声音猛地告诉我："到队伍的最中间！"我伸手，她也伸手，我坐下，将她抱在怀里，着红衣的李老师端坐一侧，"茄子——"，随着一声欢呼，一个特殊而美丽的画面被定格。

人群在"老师再见"的问候中陆续散了，小女孩也不见了踪影，我问李老师。"学生和女孩呢？""我老公已开车送回。"李老师轻描淡写地回答，脸上盈着自豪的笑。

在校园，令我感动和敬佩的人事有很多，让我总想用文字将其记载下来的原因不是事迹的新颖或新奇，而是它的典范意义。我主张和期望，男性要有父亲的担当，女性要有母亲的慈爱，作为教师，还要能够无论年龄婚否，都能将此泽被他人的孩子，这是教师的职业意识，也是教师的职业境界，从这个意义说，将教师称作专业技术人才是不够准确的，教师实当是爱和智慧的天使。用此衡量，李老师已属于更高一阶，因为，在这件事上，她不仅做到了发自内心，而且对自己播撒的大爱自然、淡然、喜然，像一幅清幽明亮的山水画，将那些在教育上表现出的生硬、愤然、狭隘，以及所谓的深刻逼到了角落。

李老师已经做母亲了，她的孩子一定很幸福。

生命不能总任性

"恭喜发财""万事如意""心想事成"是过节时人们使用最多的祝福语，发出祝福的人和接收祝福的人心里都清楚，发财可能，万事如意几乎不可能，心想事成则完全不可能，但这样的祝福年年照样热情地发出，也次次照样被高兴地接收。特别是那个"心想事成"，换一种讲法，就是"想啥有啥"，虽然最不靠谱，却最能喜悦人心，因为它道出了人们心中的最高愿望，也最能解"心隐"。

说到愿望，想起报上转载的一则帖子，帖文反向提出了一个问题："我们常常感叹没能按照自己的意愿生活，但完全按照自己的意愿生活就是有意义的吗？"事情真如帖文所言，心想事成却不见得有意义吗？我们不妨发挥想象，沿着帖文作者提供的路径推想开去，只要这推想的内核具有真实性，就可收到验证的效果：

某人为财富已思想了很久，也寻找了很久，一日拾到一片竹签，上题"任尔通身金光照，迢迢好大芳草地"，意思说得明白，财宝在一处草地里，条件是要多受路途之苦。得此指导，他干劲陡增，咬紧牙关继续跋涉，一路浅滩深渊，高山矮坡，风雨兼程，最后果然见到一浩大无边的芳草地，草地中央金光四射，他终于满身珠宝，"心想事成"，欢呼雀跃。但旷野无边，茫无南北，只有他一个人，喜悦像投进空气里的石头，没有回响，便立刻寒战、恐慌和寂寞起来。

事情的结果验证了帖文作者的观点——合己意未必有益，因为这里包含着一个心理学道理和价值标准的问题。当人们怀揣心想事成愿望的时候，潜意识里往往是以自身为出发点和价值标准的，但人是社会的人，个人的幸福和价值是要通过外部来响应和强化的，置了一件新衣裳，你立刻就有出门的愿望；有了一副好歌喉，你总会产生唱于他人的冲动，否则只是自用，很快就觉着无益和无趣。就像那位寻宝的人，满身珠宝，却孤立旷野，别说赞美和羡慕，连妒忌他、讽骂他的人也没有，财富也因而失去了意义。这种"心理提醒欲"凡人皆是，最集中、最生动的体现就是近年来的"刷微信"，有一个特别准确的注解，叫"刷存在"。其实"存在"仅靠刷是刷不成的，它至少要引起共鸣才能引来关注，这又再一次说明了个人意愿和行为与社会的相关关系，所以生活的选择是不能总是任性的。

如何选择生活的方式和道路，生活才更有意义，生命才更加厚重？那篇帖子做了以下的回答："生命往往在于你不愿意做，但为了别人不得不做的事情，因为肩负了为他人的责任而具有了重量。"说得真到位，责任做标杆，选择转方向——为他人而担起责任，为责任而克制和牺牲自我，因恩惠他人，必得回响；因为难自己,必得尊敬;因能共享,必得大乐——生命因此厚重和精彩。

如此看来,生命不能总任性,并不是一种错误的选择。

补鞋者说

问你人们到菜市场干什么,你可千万别说"买菜",因为不只我例外。

这家菜市场建在社区间的马路上,路两边和拐角搭起雨篷,即成了市场,市场很繁荣,品种琳琅满目,我闲逛着,拐角处一棵树下的场景吸住了我的目光:树盖下,摆着一个补鞋的小摊位,一个手摇的补鞋机,一张木质的小方桌,一位大致六十岁的老者正猫着腰,专注地看着一本厚厚的书。对这非常态的读书场景,直觉提示我可能有故事,便走近搭腔:"看书呢?"老者抬起头,微笑着答道:"哎,喜欢!"透着浓浓的北方腔。"什么书呀?"看老者不拒绝,我胆子壮了起来,也弯下身子,将书翻到封面,"世界散文精选,呵!喜欢?"未想老者更热情起来,话匣子也打开了:"就是喜欢,看老多了,你看,巴尔扎克的、梁启超的、席慕蓉的,一定要名家……"老者滔滔不绝,像介绍他的作品。"写东西吗?"我来了兴致,想进一步了解,"写,以前写了很多小说,后来一看,都驴唇不对马嘴!"老者潇洒淡然地说道。

菜市场的这次偶遇和交谈让我想起"文化"这个问题来。什么是文化？什么是有文化？学者余秋雨提出过"二不二需"标准，其一是"不扮演"，认为凡扮演有文化一定没文化或少文化。我不能判断这位补鞋者有多少文化，但可以确定他不在文化的扮演者之列。现实中确有一些文化的扮演者，或服饰俨然，或发式卓然，或语言腻味，或文字惊悚，这些要么是伪文化者，要么是"文化不够形式凑"的文化心虚者，例如只要在大场合讲话，时值秋天，总是说"金秋十月，丹桂飘香"者，又如本可以说"优化课堂生态，改变观念很重要"，却偏要表述为"亟须核心理念的核心裂变"者。

文化于人，是一种积蓄、修炼而得的素质和气质，文化高低，真假是试金石，所以，还是朴实、自然为好，否则大家都不好受的。

| 光 阴 拾 碎

对话里的问题

无论课堂教学的改革如何出新,"教师问,学生答"的模式依然是目前课堂教学的基本模式,师生在问答中教和学,是教学的常规和常态。因此,"对话"就成为值得重视和审视的问题。让我们先到课堂的情境中去:

这是一堂课题为《狼》的语文课,女教师先出示了一张表格,要求学生用原文填写,目的是疏通情节,分析人物。先完成情节疏通,数分钟后进入对话:

情　节	狼	屠　户
遇　狼		
（　）狼		
（　）狼		
杀　狼		

教师问:"好了吗?"

学生随答:"好了"。

"哪个小组第一个告诉我?"(教学进入学生报告学习结果阶段)

一生举手:"缀行甚远"。

"缀行甚远是什么意思？……缀是什么意思？"

"紧跟！"学生随答。

"狼为什么要跟得很久呢？"

"想吃东西！"（一生在座位上答）

"嗯，想吃东西（教师予以肯定）……第一段是遇狼，到第二段的时候呢？"

"惧狼，驱狼"，两个学生答道。

教师进一步引导："狼一直跟着走，屠户感到……"

"害怕。"一生答。

"用一个字说。"

众生答："惧！"

教师在屏幕上显出"惧"。

教师接着问："投以骨是什么句式？"众生答："倒装句。"

教师未回应，自言"应是以骨投之，翻译成？"

众生各言，含糊不明，

教师未应，引导道："把骨头……投向……狼"。

学生跟随一道完成了翻译……

进一步概括人物性格：师问生答，统一顺畅，教师在屏幕上显出答案。

对这样的以对话推进教学的情形，我们既熟悉又亲切，无论教师还是学生，都以为课堂本是如此，但习以为常处，往往是问题滋生地。其中问题有三：

其一、压制了语言表达力的发展。课堂里的这种对话属于一种"师发问，生即答"的对话，因答案多是结果性的，无须，也无法展开，看看上面这个例子，师生之间的问答都是"有一说一"式的，学生根本没有展开表达的机会。试想，长此以往，学生都在用单句、无主句说话，表达训练总停留在幼儿学话水平，语言能力如何发展？想想现在许多的大学生，甚至是做了教师的大学生，无法在公众场合完整流畅表达的情况，也就不足为怪了。

语言的发展是需要机会和空间的。想起一个相关的例子来。福建师范大学的孙绍振教授说过这样一个观点，学写论文不怕字多，不管质量，能写就行。口头表达也是如此，多说才能锻炼，才能提高。课堂没有多说的时间吗？其实稍做调整是有的。还是以《狼》这一课为例，你只要换一种问法，学生就有了多说的机会和可能，例如这样问："你是怎样填写情节表的？"，这样的问话，把零碎的问题归拢起来了，学生要回答这个问题，非完整地组织语言不可，如果同时再附加一个"并说明理由"的问题，就连思考的过程也呈现和考察了。学生说不好怎么办？课堂推进不顺畅怎么办？这就涉及到教师的观念问题了，对此，我也用问题来回答：不让学生多说能说好吗？不让学生多说能说你能更有针对性的提问吗？课堂的顺畅是教的顺畅，还是学的顺畅？

其二、压缩了课堂学习的时间。人是在一种规制下活动的，课堂也是如此。本来，教师是最在乎时间的，可又偏偏在时间上多出问题。用一问一答来结构教学，实际是为教学定下一种规制，这种规制势必增加了教师的语言量，特别是用问题层层铺排起来的设计，教师要十次、数十次地提出问题。相应地，学生也要接受了等量的问题后才能进行学习行动,加上教师用于课堂组织的语言,以及转述性的语言,真正留给独立学习的时间已不多,课堂效率可想而知了。我们回顾一下课堂,满耳都是教师的声音,就是证明。

我并不是要反对课堂对话,从本质上说,课堂教学就是师生对话的过程,我也不是反对课堂设问,设问是一种必要的促学手段,我反对的是亦步亦趋、零碎繁杂、多为预设的课堂对话规制,这种规制贻害很多。

其三、限制了学生的主动性。前文讲到规制,也就是课堂制度,制度的优劣往往是根本性的。课堂是一个特殊的空间,每一个教师都是制度的单边制定者,拥有不可更移的权威性和强制性。例如《狼》一课的制度就是很严格的:我问一,你答一,你答的内容必须符合我课前的预设,连文字都不能有误差。对这样的制度,老师做了它的差役,学生也成了它的跟班——学习的过程被限制到亦步亦趋的轨道上,学习的结果被凝固到屏幕预设的标准上,本应富有生命活力的学习必然失去了保障。这种制度下的课也有上得顺风顺水、皆大欢喜的,但因其对真相的掩盖,情况更让人担忧。

课堂教学,应该有一种更好的制度,这种制度的标准就是更有利于学习,它应该是节时的而不是耗时的,多向的而不是单向的,推动的而不是牵动的,主动的而不是被动的,允许生成的而不是只能预设的。这些很值得我们琢磨。

| 光 阴 拾 碎

课堂教学"失笑"谈

  如果你见过、接触过教师,如果让你回忆教师的形象特征,留在你脑海中的关键词是什么?我是教师的一员,有几十年与教师共事的经历,说实话,我找不出很有代表性的关键词,倒是"神情严肃,少有笑容"总是挤在眼前,挥之不去。

  严肃、少笑不是理想的教师形象,自然也不是广告、影视等媒体中的教师形象,但确是现实中教师的真实形象,这让大家都不舒服,心里产生一种很强的落差感,"灵魂工程师""辛勤园丁""爱的天使",怎么看都觉着现实中的教师与称谓中的教师合不上。

  其实,教师是会笑,也爱笑的,据我的观察,教师的笑与学生的笑,在时间上和空间上有很大的一致性,简单表述就是:下课笑来,上课笑去。上课笑去,是不是要与工作内容相协调,属于职业自觉和职业自然呢?就像校长讲话,话题重大,难得一笑?不对,课堂不同于会堂,师生关系也不同于一般的授受听讲关系,课堂是师生围绕知识进行思维、情感对话的场所;课堂里的话题与重大无关,与意趣和魅力相连;更有意思的是,课堂教学的效果先要依赖教师个人的可接受度，所谓"亲其师，而信其道"，在这一点上，师生关系类似于明星与粉丝的关系，因为爱所以爱，其他都好办，这样的例子很多，教师们也都知道其中的机理。

既然课堂欢迎笑的加入，既然教学需要笑的滋润和助推，为什么教师要将美好的笑容大幅度地收回？课堂教学"失笑"的现象已引起部分专家的关注，我就听过"教师笑容哪里去了"的沉重问话，问话很有意义，只要双脚还站在基层教育的田地里，回答并不太难，简单做一推理就可得出基本的答案——笑在课堂遭遇到了阻碍。

阻碍之一：心态之阻。"笑，是人的一种平和心态以及善良的内心表现。人的心情处于正常状态时，在与他人交谈期间就会呈现为平和的心理作用并用微笑来展现人与人之间的善意交往"。对照笑的解释，让人心头紧缩，运筹计划如此，竟然心态不正？诚挚关爱这般，竟然缺乏善意？真相被剖开，有时是残酷的，好在关于笑的机理的剖析，在这里不致产生大残酷，只是提醒而已。只要不是刻意为之，笑是不会骗人的，笑容在教师脸上减少或消失，一定说明了心理紧张，而在紧张的心态之下，感情和行为的善意都不可能完全，只是我们没有意识到这点而已。

阻碍之二：意识之阻。这是心态出问题的一个原因。说起来有些复杂，涉及到不同的因素，有教育功利因素，有教学认识因素，还有教师职业定位因素等。前两个因素好理解，应试压力导致心理紧张，题海战术等导致忽视交流，倒是有必要重视教师职业定位在认识上的误区，它对教师心理、思维的消极影响往往是深刻的。长期以来，我们的宣传对教师形象的塑造走了一条"一高一低"的路线，将教师塑造成"圣洁悲情"的结合体，精神上无比的崇高，感情和生活上又无比的悲情和清贫，似乎非如此不足以显示教师的伟大，非如此不足以表现教师的真实和可敬。结果教师被描绘成可敬又不可近的特殊群体。这种描绘在意识上的影响是广泛的，它已经形成一种社会性的意识，下面这个例子很能说明问题：

一位学生想写一段感谢高中班主任的话，在网上发出求助："班主任，男，三十已婚，孩子一岁未到。麻烦大神模仿感动中国文体帮我写段感谢老师的话。三百字左右，在线等。谢了。"

求助很快得到回复："他，放下了自己的孩子，却是为了更多的孩子；他，放下了自己的父母，却是为了让更多的父母安心。他，不是无情，不是不孝，他这是为了我们而做出的无悔的抉择！他是我们前进道路上的引路人，指引我们前进的方向；他是我们徘徊迷茫之时的一盏明灯……"

回复很好地模仿了代表官方宣传模式的"感动中国"，教师在社会意识的作用下，已被固化成舍亲弃子的悲情英雄，效果产生之时，教师也随之远离了生活。严重的是，这种意识还影响到教师的自我认识，因要承担非凡的责任，尽管不能都在行动上做到，心态也无意识地沉重、紧张起来，师者之重，越是责任心强的，越是如此。在沉重的心理背负下，反映轻松、平和、愉悦的笑意岂能不受阻滞？我感觉到，我们陷入了一种文化的自我紧张之中，造成了适得其反的结果。

阻碍之三：感悟之阻。我们应该认识并勇敢的承认，接受表达善意、尊重的笑容是需要具备相应的感悟力的。生活中"和气被人欺"的现象就是典型的感悟力"不对应"的结果。这种不对应也很无情地存在于课堂，发生在受教育的对象——学生身上。与生活中的感悟力不对应不同，生活中发生不对应的矛盾，善意、尊重的释放者还有回避、逃离的可能，课堂中则不可能，教师必须坚守规定的履职时间和空间，在不能立刻化解的情况下，出于约束和责任，只能做出收回笑意、释放严肃或严厉的选择。让人有些伤感的是，学生似乎接受严厉的悟性远高于接受笑意，所以，当教师挥动严厉的旗帜时，收效往往立显。笑而不领，厉而速应，恶性循环的结果，就是笑的慎用或回收了。

自此，关于"感悟之阻"的分析已经完成，但似有必要再多说几句，以回答读者可能因真实性问题而产生的疑问。疑问可能是，课堂中的"不领笑意"具有普遍性吗？可以肯定的是，产生这个疑问的人不会是教师，还可以肯定的是，因年龄、学段的相异，程度虽有不同，情况却普遍存在。水平所致，人性使然，不必惊慌，看到了问题所在，才有利于积极的作为，远比在臆想的祥云里自欺来得强。

意识和感悟出了问题，久而成习，作用于心态，使本该笑意充盈的课堂少了松快、多了沉重，既影响了教学质量，也影响了生活质量，可见一笑非一笑，笑里学问大，提醒我们共同认真地去做些什么！